富豪とお試し婚なのに恋寸前です

ナツ之えだまめ

幻冬舎ルチル文庫

CONTENTS ✦目次✦

富豪とお試し婚なのに恋寸前です

✦カバーデザイン＝久保宏夏（omochi design）
✦ブックデザイン＝まるか工房

イラスト・亀井高秀✦

富豪とお試し婚なのに恋寸前です

加賀谷求馬《かがやもとめ》はいつも通り、中庭に出ると朝の挨拶をした。

「しろさん、おはよー。今日もいい天気だね」

鼻歌まじりに、小さなほこらの埃《ほこり》を払い、水を交換し、菓子をそなえる。

「機嫌がいい？　そう見える？」

他人からは、加賀谷は独り言を言っているようにしか見えなかっただろう。

「また、お見合いがだめになっちゃったんだ。向こうから断ってきた。まあ、ちょうどよかったよ。会ってみたら、思ったよりも、宝飾品とかブランド品がすごく好きな人で……——」

加賀谷は苦笑する。

「そうそう。どのブランドのなにだったら、どのくらいの値段って、全部頭に入ってるみたいなんだよね。俺のお気に入り、形見の時計をしていたときには、『ふーん』って感じだったのに、ブランドものの限定品をしていったら、『それ、お高いやつですよね』って、こちらを見る目つきが、急にギラギラしてきて、あまりにあからさまで笑っちゃった」

うんうんと、彼はうなずく。

「それが断ってきたってことは、たぶん、俺とつきあっても、その労力分のリターンがないって思ったんじゃないかな。あーあ、また、沢渡《さわたり》さんをがっかりさせちゃうね。沢渡さんには悪いけど、あのお見合い相手じゃ、しろさんに会わせる気になれないや」

加賀谷はほこらの周りを掃いていた手を止めた。

「沢渡さん、まじめだからなあ。あの人、いっつも白いワイシャツにぴしっと皺《しわ》のないスーツを着て、石けんの匂《にお》いがしてるんだよね。それで、俺のことをとっても真剣に考えてくれるの」

加賀谷は破顔した。

「沢渡さんの奥さんってどんな人なんだろ。沢渡さんは、どんな結婚生活を送っているのかなって、考えることがあるんだよ。きっと、すごくふつうだよね。それって、俺の知らない世界だなあ」

遠い目でそんなことを、加賀谷は口にしたのであった。

その日、沢渡は携帯端末から一つのアドレスを消した。

「今度こそと思ったんだけどな。うまくいかないもんだよね」

結局この人とも、恋人にはなれなかった。ご縁がないというやつだ。

「元気出していこう！」

乃木坂《のぎざか》の駅から歩いて七分。表参道《おもてさんどう》から青山《あおやま》方面に向かって道を入ったところに、一棟のビルがある。まるで今日できたばかりというような、ガラス張りのそのビルを二階まで上がっていくと、そこに『結婚相談所　マリッジ・イナダ』はある。

定時になれば、受付ホールで朝の集会が行われる。正面に、高級ブランドのツイードスーツを身につけた女性が、しゃっきりと立っている。彼女こそが、この、マリッジ・イナダの女性社長、稲田麻衣《いなだまい》であった。

社員は全員で三十名ほど、扱う顧客数は年間五千人程度と、個人経営の結婚相談所としては大きめではあるが、全国ネットで展開する結婚相談所には、遠く及ばない。

「当結婚相談所、マリッジ・イナダは顧客数こそ大手ほどではありません。けれど、成婚率は他社平均の五倍を誇り、その後の定婚率も抜群です。結婚とは、一艘《そう》の船に乗るようなもの。楽しい旅にするためには、お客様を見る、そして、アドバイスする、さらにはお客様ご自身にも行動していただかなくてはなりません」

社長の年齢を、沢渡は知らない。大先輩に聞いてみたことがあるのだが、彼女は「私が入社した二十年前から、社長はぜんぜん変わってないわよ」と言うので、もしかしたら、バンパイアか人魚の血を飲んだ尼《あま》なのかもしれない。

朝礼が終わると沢渡は、みなが入っていく大部屋を通り過ぎてさらに廊下を行き、奥にある、自分の部屋へ向かった。

沢渡孝《たかし》は二十八歳。身長は百七十五センチほど。髪はゆるくウェーブがかかっている。学生時代はなにかスポーツをしていたでしょうとよく聞かれる、細めの引き締まった身体《からだ》をしていた。

とはいえ、目立つほどの容姿ではなく、人混みに紛れてしまえば、わからなくなるほどであると、沢渡は己を分析していた。

だが、マリッジ・アドバイザーとしては、かなりのものだと自負している。現に、若手ながら、プレミアム・アドバイザーとして、社長以外では唯一《ゆいいつ》、個室を与えられていた。

鍵《かぎ》をあけて部屋に入ると沢渡は、デスク上に束ねられている、受け持ち客のプロフィール・シートをチェックする。

およそ二十枚。

決して数は多くないのだが、プレミアム・アドバイザーは、ひとりひとりと真摯《しんし》に向き合い、成婚率をとことん上げることを期待されている。

沢渡の特殊な引き合わせの力を使うのには、集中力が必要とされる。なので、これは、ほぼ上限の人数だった。

じっと、プロフィール・シートの一枚を、沢渡は見つめる。それから、おもむろに、パソコンを立ち上げると、検索を始めた。「引っかかり」を感じたシートは、すべてプリントアウトする。それを補助デスクに置くと、厳選してからデスクに持ってくる。部屋に備え付けられているコーヒーメーカーでコーヒーを淹《い》れ、まずは一杯飲んでから、深呼吸する。

それから、もう一度、顧客プロフィールを見る。

じっくりと見つめる。

そののち、今、プリントアウトした、お相手候補のプロフィール・シートをめくり始めた。

その数、数十枚。

そのうちの一枚に、沢渡の目がとまる。

「ん……？」

沢渡はもう一度、その紙を見る。そして、顧客のプロフィールと見比べる。

「あ、これだ。これ、これ」

沢渡には、そのシートが、浮き上がって見えていたのであった。

「はー……」

これは、なかなかに疲れるので、一日に何回もできるものではない。だが、これがあるがために、沢渡の結婚アドバイザーとしての評判は、うなぎ登りなのであった。

そう、沢渡は百パーセント成婚という、この業界きっての偉業を成し遂げているエースなのである。いや、正確には今現在は、「ほぼ」成婚率百パーセントとなる。

マリッジ・イナダは、入会金や月額料金は平均より低い。だが、成婚金は群を抜いて高いのだ。特にプレミアム・アドバイザーである沢渡のコースを受けようと思ったら、成婚した暁には、男性女性双方共に、年収の一割をもらうことになっている。沢渡の担当は上客が多いし、成婚率が高いということは、回転率も高いので、かなりの収入になることになる。

壁には、「私たち、結婚しました！」「すてきな方と巡り会えて、感謝しています！」「今が人生で、最高に幸せです！」というメッセージが入ったツーショット写真が貼ってある。本人たちの許可を得て、成婚の報告を受けたときに、撮らせてもらったものだ。

「ああ、まぶしい……」

沢渡はそれを見て、目を細める。

他人の結婚にはこんなに勘が働くのに、自分はからっきしだ。縁遠いにもほどがある。

「まあ、いいんだけどさ」

冷え切ったコーヒーに口をつけたそのとき、コンコンとドアがノックされ、開いた隙間から、百瀬《ももせ》が顔を出す。ツンツンした髪型に、今でもやんちゃ坊主《ぼうず》の面影が残るこの青年は、最近入ってきた、沢渡の後輩なのであった。

「沢渡先輩。お昼、食べにいきましょー」

彼は、陽気に言った。

「あれ、もうそんな時間？」

集中して相手を探していると、いつも矢のように時間が過ぎてしまう。

「うん、わかった。行くよ。ちょっと待っててくれる？」

そう言うと沢渡はプロフィール・シートをデスクの引き出しにしまって、鍵をかけた。さらに、ドアから出るときにも鍵をかける。

百瀬がその様子を見て、「ずいぶん厳重なんすね」と言った。


百瀬は三ヶ月前に入社してきた。髪型も服装も砕けていて、ひとことで言って、チャラい。一度、彼の顧客面談が聞こえてきてしまったことがあるのだが、「あー、それじゃ、むりっすねえ。ちょっと考えてみてください。自分が二十七歳の年収二千万で高学歴の、医者か弁護士、都内に持ち家ありで、次男以降って想像してみてくださいよ。いくら若く見えるっても、四十五歳の家事手伝い女性と見合いを希望するかって話です。二十代の同業者や看護師さんが、わんさと見合い希望してるんですよ？　もちろん、会ってみたら、恋愛して成婚に至る可能性はゼロじゃないですけど、まず、会えないんすよ。マジで。だから、こうしてるわけじゃないですか」

あのときには、正直、どきどきして足が止まってしまった。あんな言い方、自分だったら、必ずや客から文句が来る。泣かれる。怒られる。

だが、その客は、いきなり笑い出したのだ。

「ああ、そっか。そりゃあ、そうよねえ」

「そうなんですよ。そこらへんは申し訳ないんですけど、条件ってのがありますからねえ」

「じゃあ、むりじゃん。退会しようかなあ」

「待った、待った。もうちょっと、条件を緩くしてみませんか？　あと、写真をもっと、盛ってもいいと思うんです。この写真だと、生真面目《きまじめ》に写りすぎてて、転職の履歴書みたいですよ。この上の階に、うち系列の写真スタジオがあるんですけど、すっごく美人に撮ってくれますよ。俺の、お墨付きです。割引が利いてお得ですし」

「えー、盛るとか、そういうの、どうかなあ。ありのままでいいんだけどなあ」

「いやいや、小林《こばやし》さんは、会えば楽しい人ですから。だから、小林さんの条件を緩めて、写真キレイにして、向こうに会ってもらいましょうよ。そしたら、いい人があらわれますって」

その女性は、マリッジ・イナダの中でも持て余していた会員だった。望みが高すぎるのだ。

だが、百瀬との面談のあと、あっさりと成婚にこぎつけた。沢渡とは違った意味で、百瀬は凄腕《すごうで》なのだ。

そんな百瀬は、彼女と同棲中なのだそうだ。仕事も実生活も充実。うらやましいことだ。

百瀬がはしゃいでいる。

「おひるー、おひるー」

沢渡と百瀬が昼食をとることにしたのは、近所のレトロな喫茶店だった。つい最近、禁煙になったばかり。「カフェ」というよりも、「喫茶店」というのがぴったりな店だ。

メニューにあるのも、液体が真緑で真っ赤なチェリーがのっているクリームソーダとか、生クリーム入りのウィンナコーヒーとか、シナモンスティックがそえられたスパイスコーヒーなどだった。

百瀬は沢渡より若いくせにこの店が好きで、「おお、受けるー」と、わけのわからないことを口にしつつメニューの写真を撮って、どこかにアップしている。

沢渡は心配になった。

「百瀬くん。うるさいことは言いたくないけど、身元は特定されないようにね」

「わかってますよ。全体公開はしないんで、安心して下さい。これ見るの、俺の彼女だけっすから。俺、てんで信用ないもんで、まめに写真撮ってアップするようにしてるんすよ。あ、沢渡さん、写真撮らせてもらってもいいっすか?」

どうしようと悩んでいると、「お願いしますよ。顔は写さないっすから。相手が男であることを証明できればオッケーなんで」と言い張るので、うなずいた。

「はい、撮りますよー。指でハート作ります？　やらない？　いいっすよ、そのままで」

百瀬が注文したナポリタンが運ばれてきて、続いて沢渡のオムライスが来た。

二人して、食べ始める。

ちなみに、沢渡がナポリタンを頼まなかったのは、仕事以外では気が抜けがちという特性によるものであった。トマトケチャップで味付けされ、タマネギとソーセージとピーマンが入っているこの店のナポリタンが嫌いではなかったが、服にケチャップを跳ね飛ばすのは目に見えている。

百瀬は、ナポリタンを器用にフォークで巻き取って食べつつ、言った。

「俺たちってオーガニックな八百屋みたいっすよね。そうは思いません？」

そのたとえに、沢渡は面食らった。

「ごめん。意味がわからないんだけど」

百瀬は、沢渡の口元を指さして言った。

「卵がついてますよ」

「あ」

言われて、口元の卵を紙ナプキンでぬぐう。オムライスを選んでも、抜けたところはカバーできないようだ。

「だって、そうじゃないですか」

百瀬は、先ほどの話を続けようとする。

「条件に合った相手を見つくろって紹介する、簡単なお仕事ですよ。『私が作りました』って、いかにもなラベルをつけて売り出す感じです」

「そうかな……？」

野菜と違って、客は生きていて、互いにえり好みをして、条件が合ったとしても、気に入らなかったりする。逆に、条件に合わなかったとしても、くっついたりもする。

なかなか一筋縄ではいかない。単純に、そうだねと同意はしかねる。

「沢渡先輩は優秀だから。プレミアム・アドバイザーは、顧客が少数精鋭ですもんね。特殊技能持ちはいいなあ。相手のプロフィール・シートが浮き上がって見える、でしたっけ」

「うん。集中力が必要だから、あんまり長いことは無理なんだけど」

どうしてそんなことが起こるのか、自分でもわからない。最近では、己に恋愛運がないかわりの授かり物じゃないかなんて考えたりする。

「いやあ、贅沢っすよ。だって沢渡さんの受け持ち、セレブな上客ばっかりじゃないですか。年収がよかったり、地位が高かったりすると、うちの社長の指名が入りますもんね。『このお客さんは沢渡さんにお任せするわ』って。信用絶大ですよね。まあ、でも、しょうがないっす。成婚率百パーセントって、詐欺とかごまかしじゃなければ、ふつー、あり得ないですよ。そりゃあ、社長も手放さないはずですよね」

百瀬のこういう、あけっぴろげな物言いに、最初は驚いたものだった。だが、すぐに慣れた。彼は、相手を鋭く見ている。沢渡以外の先輩たちには、決してこういう言い方はしない。もっとていねいに話す。

そのかわり、壁を作って、中を見せようとしない。鋭敏な感覚をもって相手を推し量る動物みたいだ。

沢渡は言った。

「前職はなかなかハードだったからね。ありがたいことです」

「前職ってSEさんだったんでしたっけ？」

「うん」

「ここのマッチングシステム、沢渡さんが開発したって聞きました」

「開発はさすがに外注だよ。やりやすいように、多少の手直しはしたけどね」

「使いやすくなったって、みなさん、褒めてましたよ」

「ありがとう。なにか、使いづらいとか、こうして欲しいとか、あったら言ってね。できるだけ、改良するようにするから」

百瀬と話すことは双方にとって、価値があった。大部屋での話は、個室を与えられている沢渡には入ってこなかったし、逆もまたしかりだったから。

「システム回りは業務外なのに、お人好《ひとよ》しっすね」

「そんなことはないよ」

この程度の業務外労働、どうということはない。しかも残業すれば、ちゃんと手当が付く。以前の職場は夜間出向が多かったのだが、突然、呼び出されたり、連日の徹夜になったり、遠方出張になったりの連続で、身体を壊す寸前だった。それに比べれば。

「なんてことないよ。ここは、いい職場だよ。拾ってくれた社長に感謝だ」

「沢渡さん、社長とどこで知り合ったんすか」

百瀬が、上目遣いに聞いてくる。ぎくりとしたが、動揺をあらわすまいと身構える。

「知り合いのやっているバーだよ。ぼくは、人を引き合わせるのが得意だったから、そこでも重宝されてた。それを知った社長が、スカウトしてくれたんだ」

嘘はついていない。

ただ、そのバーはゲイバーだった。

さらに、スカウトされて名刺を渡されるまで、社長のことを女装した男性だと思っていたのは、ここだけの秘密だ。

「ねえ、聞いてもいいっすか？」

パスタの最後の一本と格闘しながら、百瀬が言った。いやな予感しかしない。

「うん……？」

「そこって、ゲイバーっすよね」

「ぐふっ」

沢渡は、食後のコーヒーを飲んでいたのだが、口からこぼした。気をつけていたのに、ネクタイとシャツにはコーヒーがしたたった。だが、大丈夫だ。こんなこともあろうかと、替えの衣類一式が個室ロッカーに常備してある。

百瀬は、特になんの感情も見せずに、「あ、やっぱり」と口にすると、皿を押しやり、コーヒーを手元に引き寄せた。

「どうして、わかったの？」

沢渡はそう聞かずにはいられなかった。

自分で言うのもなんだが、沢渡は昔から好青年と言われるタイプだった。擬態は完璧《かんぺき》だったはずだ。現に、この結婚相談所に就職してから、恋愛傾向を聞かれたことはない。彼らが想像する、どこか中性的だったり、男らしさを強調したりする「ゲイ」っぽさとは一線を画していたはずだ。

ものすごい秘密とも思っていなかったが、意図せずゲイばれしたら、あとが面倒だ。

そうなったら、おそらく、自分につけられている「好青年」「二十八歳」「仕事熱心」「プレミアム・アドバイザー」などのタグはすべて外されて、代わりに大々的に「ゲイ」という付箋《ふせん》が貼られて、質問攻めに遭うこと必至だろう。そちらにとっては好奇心満々の新鮮な質問であったとしても、こちらとしては、もう何度も聞かれた陳腐な質問であることをわかって欲しい。

その沢渡の憂鬱《ゆううつ》を感じ取ったのか、百瀬は言った。

「たぶん、ほかの人にはわからないと思いますよ。知られたくないんですよね」

「できたらね」

「安心してください。言いません」

「……でも、どうしてわかったのか、それは興味あるかな」

それに関しては、心底、知りたかった。

「俺が、闘争本能が湧かないからっす」

そう、百瀬は言った。

「はい……?」

なにを言っているのか、理解しがたい。

「あ、信じてないでしょう。いいんですけど。でも、実際、そうなんすよ。これは、俺が無類の女好きだからだと思うんです」

そう言って、彼は笑った。

「こう、無意識のうちに、ほかの男が女性に話しかけているのを見ると、むかつくんです。俺の女に手を出すな的な？　笑っちゃうでしょ？　別に俺が、その女性のことを好きでもなんでもなくて、その男だって、その女性のことをどうとも思っていなくて。それでも、ですよ。自分でもうんざりしちゃいますけど、そうなっちゃうんです」

沢渡は彼の顔を凝視した。

「でも、沢渡さんに対しては、それがないんですよねー。まったく、感じられなかったんですよ。そういう人、ホストクラブの同僚にいたんです。その人も、ゲイだったんです。なるほどーって思っちゃいました」

「ホストクラブの同僚？」

「はい。俺、ホストクラブにいたんです。あんまり女性が好きなんで、かえって、向かなかったんですけどね」

なんてことないように、彼は言った。

「マリッジ・イナダの社長はそのときのお客さんで、俺もスカウトされた口っす。で、その人も沢渡さんも、女性のあしらい方が、ジェントリーっつうのか、なんか、違うんですよね。俺とか、無意識に、こいつとヤレんのかどうか、考えてますからね」

「う、きみ……」

「ほらほら、引くっしょ？　でも、ふつーの男なんて、そんなもん、そんなもん。いや、実際に手を出したりはしませんよ。俺、同棲中の彼女がいますしね。ほらね。これを外してないでしょう？」

彼は左手を見せた。百瀬の薬指には、指輪がはまっている。

似た指輪は、沢渡もしていた。結婚指輪と言われれば納得できるくらいの、ごくシンプルな、金色の指輪だ。

客とのトラブルを防ぐための、偽装結婚指輪だった。

結婚相談所での婚活が、どの人も順調であるとは限らない。ときには、長い膠着《こうちゃく》状態が続くことだって充分に考えられる。そして、そんなときに目の前にいて、優しく慰めてくれるアドバイザーは、往々にして必要以上に輝いて見えるのだ。

これは「職業的優しさを恋愛と勘違いしてしまう」という点で、入院先で看護師に恋をするのと似ている。

看護師であれば、そこから恋愛に発展するしないは本人の自由かもしれないが、結婚相談所では違う。交際自体を商売にしている結婚相談所において、アドバイザーと客の恋愛は御《ご》法度《はっと》だ。

「お客様のご縁を結ぶのが、ぼくたちの仕事だ。お客様は成婚される伴侶のもの。きみが言ったたとえはなんだけど、有機野菜を出荷している側が勝手に食べるのは、マナー違反だ」

ふだん、寡黙な沢渡がまくしたてるのを、百瀬は驚いたように見ていた。

「やけに熱くなりますね。昔、俺が入る前に、なんかあったんすか?」

百瀬は、こういうことには、おそろしいほど勘が働く。

なるほど、社長が直々《じきじき》にスカウトしてきたはずだ。

「ああ、まあ……。ぼくも、悪いんだけど」

沢渡は渋い顔になる。

「ぼくが受け持っていたプレミアム・クラスの顧客の……いわば、セレブ男性の情報を、勝手に見て相手にアプローチした女性社員がいたんだ。男性会員さんがいきなり退所して、その社員と結婚したので、データを盗み見たのがわかった」

該当の社員は即時解雇になったのだが、プロフィール・シートをデスク上に置きっぱなしにした自分の罪は重い。

「そんな、悪いことですかね。恋って落ちてしまうものでしょ。好きになることは止められないじゃないですか」

だからこそだ。

「相手に好意を持っても、それを行動に移したらだめなんだ」

「でも、ほら、過ちを犯すことだってあるじゃないですか。俺だって、現にホストのときの客の一人が今の彼女だったりしますし」

「それは、百瀬の勝手だし、俺にはホスト業界のことはわからない。でも、少なくとも、マリッジ・イナダの社内では、そんな、公私混同することは、二度とあってはならないと思っている。結婚相談所の社員が客とつきあおうなんて。客のものをかっさらうに等しい、職業倫理の問題だよ」

そんな「ずるい」「卑怯《ひきょう》」なことは、許せない。

「もう、お堅いんだからー。沢渡さん、彼氏さんの前でも、そんなんですか？」

「俺の……私生活の話は……」

「あ……」

察したように目をそらさないで欲しい。

傷つくじゃないか！

「そりゃあ、ぼくだって、すてきなパートナーがかたわらにいたらなーとは思うよ」

両親はたいへん仲がよかった。そこまで裕福ではなかったものの、しょっちゅう、あなたが世界で一番好きとか、今日のママは宇宙一きれいだなどと、言い合っていた。

あまりに仲がよすぎて、二人一緒に交通事故で天国に逝ってしまったのは、沢渡が中学一年のときだった。

それからは、祖母が自分を育ててくれていたのだが、その祖母も他界した。

自分は今でも、両親がいたときの幸福な愛情に満ちた生活が忘れられないのだと思う。愛がいっぱいに満ちあふれていたあのときを、今でも追い求めている。

「でも、そんなの、難しいよね」

「そのうち、沢渡さんにもいい人があらわれますよ」

慰めるようにそう言われてしまった。

いいんだ、自分のことは。もてなくたってしょうがない。

「今は、仕事に全力投球だから」

「頑張ってください。午後から、ミスター問題児の面談でしょ？」

なんだ、その呼び方は。でも、わかってしまう。

「そう、加賀谷さんが来るんだよ」

百瀬が声を潜める。

「あの人、やばいっすよね」

「別に、そこまでやばくないだろ」

「だって、もう、何十人目ですか？」

「ちょうど五十人だね」

「やばいですよ。やる気あるんですかね」

「あるだろう。まさか、暇つぶしに来ているわけでもないだろうし」

結婚相談所に来るのは、結婚したい人だ。

マリッジ・イナダは、業界でも知られている「お堅い」結婚相談所であるので、身元確認のための公的書類と前年度の納税証明書を出してもらい、万全に備えているつもりではあるのだが、それでも、トラブルはある。

ナンパ目的、宗教勧誘、結婚詐欺。

マリッジ・イナダでは、そういう人には入会金、月額料金を返金することなく、丁重に退会していただくことにしている。悪質ならば、警察も呼ぶ。

加賀谷はそれとは違う。けれど、百瀬は言うのだ。

「加賀谷さんって、どう考えても、遊び慣れている感じじゃないですか。大きなトラブルを起こさずに、穏便に向こうから別れてくれと言わせるのなんて、お手の物だと思うんですよね」

沢渡は笑ってしまう。

「まさか、そんな」

もし、ほんとうに加賀谷が成婚以外の目的でマリッジ・イナダに通ってきているのだったら、退会を要請することになる。

「ほんとに暇つぶしって可能性もありますよ。金持ちの考えることはわけわからないですから」

真剣に考え込んでいる沢渡を尻目に、百瀬はなんとも呑気《のんき》に、そう言ってのけたのであった。

加賀谷の足音は軽やかでリズミカルだ。だから、たとえ受付からの連絡がなくても、彼の訪問はわかったろう。

足音は、沢渡のドア前でピタリと止まる。そして、規則正しい、歯切れのいいノックがされる。

「どうぞ」

「こんにちは。失礼します」

加賀谷が、ひょいとその足取りのままに入ってきた。

加賀谷がここ、マリッジ・イナダに通うようになって、一年。

彼のことは、くれぐれもよろしくと社長直々に頼まれている。

加賀谷求馬。三十五歳。身長は百八十三センチ。

襟足《えりあし》に清潔感が感じられる黒髪に漆黒の瞳。高い鼻梁《びりょう》。やや厚めの唇は、いつも明るい微笑を浮かべている。彼が不機嫌だったときを、沢渡は見たことがない。話す言葉は、語尾が歌うように弾んでいる。

この男こそが、沢渡の成婚率百パーセントを阻止している原因なのであった。

沢渡は口元をあえて引き締める。

加賀谷のせいで、自分のプレミアム・アドバイザーとしての実績に傷がついているのにもかかわらず、加賀谷が来るときに、ほんの少し、自分の気持ちが華やぐことを、沢渡は感じていた。

できるだけ、表面には出さないようにしているし、決して仕事に影響させはしないけれど、不本意ながら付き合いも長くなり、会話も増え、そうするとどうしても加賀谷に親しみを感じてしまう。百瀬ではないが、こっちも生きている人間なのだ。

――ちょっとかっこいいなと思うくらい、しょうがないよね。

けれど、仕事と自分の感情は、きちんと折り合いをつけている。そのつもりだ。

沢渡は加賀谷を観察した。

加賀谷は、堅苦しすぎない、大きめの格子柄のスーツを着用していた。淡いグリーンのシャツにアスコットタイ。シャツのボタンが立体的なところを見ると、貝ボタンなのだろう。腕にはクラシックな時計をしていて、靴はよく手入れされていた。

身だしなみよく、華やかで、愛想のよい、見目好《みめよ》い男だ。

多数の不動産を所有し、リフォーム会社も経営。

それなのに、なぜ。

こうも、交際相手に断られ続けてしまうのか。

沢渡は立ち上がって彼を迎え、デスク正面の椅子《いす》を勧める。そこに加賀谷は腰を下ろして、言った。

「沢渡さん。また、ふられちゃいました」

「そのようですね。残念です。デートが初めて三回に及んだので、このままご成婚までいってくれるんじゃないかと、期待していたんですけど」

「そうはうまくいかなかったですね」

そう言って、加賀谷はじつに爽やかに口をあけて笑った。白い歯が見える。

つられて笑ってしまいそうになる口元を引き締めて、沢渡は言った。

「笑い事じゃないんですよ、加賀谷さん」

「はい」

「これで通算五十回目の成婚不成立です。いくら、加賀谷さんの条件がよろしくても、ご紹介できる会員さんは、どんどん減っていくばかりです。ここらで、決めましょう。そうしましょう」

そう言いながら、加賀谷のプロフィール・シートを今一度、チェックする。

年収三千万。

出身大学よし、高身長、親はすでに他界している。兄弟はいない。

加賀谷自身のプロフィールには、非の打ち所がなかった。ぴかぴかしている。ザ・パーフェクトだ。ミスター・サンシャインだ。

相手の条件は、なんと「なし」。

「加賀谷さん、お相手のご希望が、あいまいすぎませんか」

沢渡は、このマリッジ・イナダに入社したときに、顧客の気持ちになるためにと、仮のプロフィール・シートを書かされたことがある。当然、女性の結婚相手のイメージが浮かぶはずもなかったが、それでもこの加賀谷のプロフィール・シートよりはかなりデータが多かった気がする。

「うーん。でも、ないんですよねえ」

加賀谷が唸《うな》る。

彼のプロフィール・シートには備考欄に一つ、「うちの飼い猫のしろさんと仲良くしてくれること」とだけ、ある。

それを見ると、沢渡の口元はまたゆるみそうになるのだ。

この人は、ペットをとてもたいせつにしているのだろう。

しろさんという猫がどんな種類か知らないが、猫を可愛がっている加賀谷の姿を思い浮かべると、胸の中があたたかくなる。

——いけない。これは仕事、これは仕事。

社長に、ぜひとも面倒を見てやってと頼まれている好条件の男。それなのに、一年が経《た》ち、五十人と会っても成婚に至らないとは。このプレミアム・アドバイザー、沢渡孝の一生の不覚だ。

——加賀谷さんの相手のプロフィール・シートが、特殊技能では、見つからないんだよなあ。

こうして、なあなあになってしまって、長引くのはよろしくない。なんとかしなくては。ここに自分をスカウトしてくれた社長の恩に報いるためにも。そして、プレミアム・アドバイザーとしての矜持《きょうじ》のためにも。

とはいえ。

心中で、深く深くため息をつく。

あらがあるなら、直せばいい。事実、今まではそうしてきた。相手の目を見て話しましょうとか、清潔感を大切にしましょうとか、相手の話を聞くのも大切だけれど自分のこともある程度は話しましょうとか。だが、このザ・パーフェクトのどこを直すべきなのか。今の沢渡には皆目、見当がつかない。

だいたいが、この人がどうしてうちに来たのかさえ、よくわからない。ここまでのハイスペックであれば、結婚していそうなものなのに。

もう一度、資料を確認してみる。

加賀谷のお相手からのお断り理由は、「いい人なんだけど、結婚の意思が感じられない」「笑顔が嘘くさい」「デートの途中で仕事が入ったと抜けられた」などなど。

「どこをどうしたら、いいんでしょうね」

「困りましたねえ」

「加賀谷さん、あなたのことなんですよ？」

「そうでした」

つかみどころがないところは、百瀬とどこか似ている。

ここまで五十連戦五十連敗なのに、まったく気にしていない。

——やる気あるんですかね。

さきほど、百瀬に言われたことが脳裏をよぎった。

「加賀谷さん、失礼ながら、確認させていただいてもよろしいでしょうか」

「はい？」

加賀谷が微笑とともに視線をこちらに向けた。

「結婚される気、あります？」

「ありますよ？」

答えは迅速だった。

「じゃあ、今回おことわりされた女性にもうちょっとだけ、アプローチしてみませんか。加賀谷さんからお願いしたら、きっと向こうも考え直して交際中止を取り消してくれると思うんですよ」

加賀谷はあわてたようだった。手を前に突き出して拒む。

「いいですよ。いらないですよ。せっかく……」

彼の言葉を、沢渡は聞き逃さなかった。

「なんですって？　せっかく？」

そのあとに続く言葉は、なんだろう。

せっかく、断ってきたのに？

せっかく、自由の身になったのに？

加賀谷はまずいことを言ったという自覚があるのか、口ごもっている。

「え、あー。まあ。どうせ向こうもこちらを、データで選んでいるわけですし」

どうせ……？

ぴきぴきと沢渡の眉がつり上がっていく。

どうせとはなんだ。伝家の宝刀である特殊技能が使えないことに関しては、負い目がある。だからこそ、データを精査してこれと思う女性を紹介しているというのに。

「『どうせ』っていうことは、ないんじゃないですか。私は、私なりに、加賀谷さんにベストだと思える方をいつもおすすめしています。データとおっしゃいますけど、基本的にはデータで選ぶ以外、ないんですよ。向こうだって、加賀谷さんのことを知らないんですから」

加賀谷はふっとまじめな顔になった。

「そうですね。沢渡さんが、一生懸命、選んでくださっているというのに、『どうせ』は、失礼でしたね。謝ります」

すっと、彼が頭を下げる。そう、下手《したて》に出られるとこちらも抜いた刀のおろしようがない。

「加賀谷さん、ごめんなさい。私も言い過ぎました。でも、もう一年になるのに成婚に至らないので、申し訳なくて。己が不甲斐《ふがい》ないです。加賀谷さんに何回、ここまで足を運んでいただいたことか。どうですか。ここらで仕切り直しをされては。それも、一つの選択肢だと思いますが」

「それは、休会ということですか?」

「担当替えも含めてです」

「いやです」

沢渡の提案を、加賀谷は否定した。

「とんでもないです。これと思う女性に会えるまで、沢渡さんの元で、がんばります。百人でも、二百人でも」

さらーっと言われてしまう。

信頼されているんだろうか。そう取ってもいいんだろうか。それは嬉《うれ》しい。でも、このまま、彼の成婚に行き着けるんだろうか。違うアプローチが必要なのではないだろうか。

なんにせよ、沢渡の「成婚率百パーセントのプレミアム・アドバイザー」の肩書きは、この男が成婚しない限り、返上しなくてはならないわけだ。

しょうがない。覚悟を決めよう。

「わかりました。ご成婚まで、私もとことん、お付き合いしましょう。誠心誠意、探させていただきます」

加賀谷は満面の笑みを浮かべる。

「よかった。沢渡さんに見放されてしまったかと思いました」

思わず、見とれてしまうほどの晴れやかな笑みだった。

……くそう。いい笑顔だなあ。

このときほど、加賀谷が女性が好きでよかったと思ったことはない。心の中でどんなに彼の笑顔にときめいたとしても、そこからなにに発展することもあり得ないからだ。

もし、自分が女性であったとして、このようなときめきを覚えたとしたら、彼のパートナー・マッチングに心ならずも手心を加えてしまうということが、なかったとは言い切れない。

「これからも、どうぞよろしくお願いします」

そう言うと、加賀谷は大げさなくらいに頭を下げた。

「わかりました。これからも、二人三脚でがんばりましょうね。今回は、次のお相手を決めてしまいましょう」

「はい……」

沢渡はプロフィール・シートをめくる。

やはり、何枚めくっても、浮き上がってくるような決定打のシートはない。それでも、なるべく、合いそうな人を見つけて何枚かをデスクに、加賀谷が読みやすいように置いていった。

加賀谷は、沢渡の手元を熱心に見つめている。

彼が言った。

「俺は、家庭ってもののイメージが浮かばないんですよ」

手を止めて、沢渡は加賀谷を注視する。

「俺の家には、母親がいなかったんです。父とは年齢が離れていたので、あまり家族らしいことをした記憶がないんです。その父もとうに亡くなってます。だから、俺にとって今、家族と呼べるのは、しろさんだけなんです」

もしかして、このあたりのなにかトラウマ的なものがあって、成婚に至らないのだろうか。

「そうなんですね……」

加賀谷が、こんなふうに自分のことを打ち明けてくれたのは初めてだ。

いい傾向だ。この人と信頼関係を築いて、ちゃんと相手を見つけて交際をスタートさせ、あたたかい家庭を持って欲しい。

「沢渡さん、家族っていいものですか？」

加賀谷が聞いてきた。

「もちろんです」

それは、断言できる。

そう、家族っていいものだ。少なくとも、自分の知っている家族――家庭は、最高に「いいもの」だった。

「家族がおうちで待っていて、帰ったらともにごはんを食べよう、あれを話そうと思うから、仕事をがんばれるんですよ」

さらに何枚かのプロフィール・シートを引き抜く。こうなったら、数を打つしかない。

「なるほど」

加賀谷が目を細めた。視線が一点で止まっている。

「沢渡さんには、お子さんはいらっしゃるんですか？」

「お子さん？」

プロフィール・シートに気をとられていて、完全に虚を突かれたタイミングになった。

沢渡は答えていた。

「いないですよ。結婚してないですし」

「え……？」

はっと、気がついた。

失態だ。自分の左手の薬指には金色のリングが嵌《は》まっている。「結婚しているのか」と聞かれれば、「はい」と答えるのがアドバイザーとしては、正解だ。

それなのに、真実を吐露してしまった。今まで結婚しているという前提であったのに。

……うわ、まずい。加賀谷さんが、キョトンとしている。

ああ、せっかく今、二人でがんばろうって言ったのに。

今さら、「違います。結婚していますす」と言ったとしても、さきほどの告白を打ち消せるとは思えない。

それに。

さきほどの加賀谷は、彼の深い心のうちを伝えてくれたのだ。そんな相手に嘘をつくのは、あまりにも不実なのではないだろうか。

沢渡の名誉のために付け加えるなら、もし加賀谷が女性であったとしたら、沢渡は既婚設定を貫いたのに違いない。

婚活に疲れ果てた女性が、アドバイザーに優しくされてふらりときてしまうのは、ままあることだからだ。

だが、加賀谷は同性だ。ここは、素直にいこうと心を定めた。

沢渡は頭を下げた。

「ごめんなさい。じつは、私は独身なんです」

「じゃ、その、結婚指輪は……？」

内緒ですよと前置きして、打ち明ける。

「独身者も指輪をして、既婚者としてふるまうようにというのは、社長の方針なんです。お客様と恋愛トラブルがあってはいけないのと、ときには耳に痛いことを言わなくてはならないのに、独身者からだと反発したくなるからだそうです」

加賀谷が「この一年、偽られていた」と不機嫌になったらどうしようと思ったのだが、そんなことはなかった。彼はふむふむとうなずいている。

「なるほど。そういうことだったんですね」

「私のことは、もうそれくらいにして、さあ、決めましょう。記念すべき五十一人目の方はどなたにしましょうか。どれも、すてきな女性ですよ」

そう言って、彼にプロフィール・シートを選ばせようとする。もし、加賀谷が選ばないなら、沢渡が決めてしまうつもりだった。

「あのですね」

加賀谷が、プロフィール・シートを押しやって、言った。

「一度、チェックしてもらうのはどうでしょうか」

「チェック?」

沢渡は彼が何を言いだしたのか、わからなかった。

「はい、チェックです。ここまで断られ続けているのは、なにか俺のエスコートに重大な欠点があるからかもしれないじゃないですか」

「はあ」

「正直、今のままではこの中の誰かと交際をスタートさせても、またお断りされる可能性のほうが高いと思うんですよね」

それは、沢渡も危惧《きぐ》するところだった。

「じゃあ、お二人が会うまで、お供しましょうか」

これは、別に珍しいことではない。

異性との交際に慣れていない客の場合、待ち合わせ場所まで行って引き合わせて紹介し、そののち最初の店まで移動し、あるていど互いを馴染《なじ》ませてから、引き上げることだってある。いわゆる「じゃあ、あとは、お若い二人で」ってやつだ。

「そうじゃないんですよ。違うんです」

「どこが、違うんですか？」

「丸々デート一回を、お付き合いして欲しいんです」

「それは……私に、女性の役をしろと？」

ひやりとした。

もしかして、自分がゲイだとわかってしまったのだろうか。

「沢渡さんとしては、不本意かもしれないですけど、俺が自分でもわかっていない欠点があるかもしれないじゃないですか」

ゲイばれしたわけじゃなさそうだと、胸を撫《な》で下ろす。

「そんなの……」

断ろうとして、昼間の百瀬が言っていたことを思い出した。

――加賀谷さんって、どう考えても、遊び慣れている感じじゃないですか。

彼に、断られるべき欠点があるのか。

それとも、百瀬の言っていたことが正しいのか。

アドバイザーとして、知っておきたい。

だまって考え込んでいる沢渡を見て、加賀谷は勘違いしたらしい。

「お忙しい沢渡さんにこんなことをお願いしてすみません。でも、沢渡さんにしか頼めないことなんです。もちろん、お試しデートのオプション料金はお支払いしますし、交際にかかった費用は俺が持ちますから」

これは、いいチャンスなのかもしれない。沢渡は、うなずいた。

「わかりました。基本的には前向きに検討したいと思います。なにぶん、異例のことですので、ただいま、社長に聞いて参ります」


社長の許可は、沢渡が驚くほどにあっさりとおりた。

「これで、成婚までの道が近くなるなら、安いものよ。勤務時間内の同行を許可するので、しっかりおやりなさい」

背中を叩かれてしまった。

「チェックしてさしあげなさい。プロの目で！」

そうして、二人のお試しデート計画がスタートした。

加賀谷は、樹木が生い茂る中庭で、浮き浮きしながら話していた。腕には、小さな白い猫を抱いている。空には月が出ている。その月を見ながら、しきりと話しかけている。

「しろさーん、聞いてよ。今度ね、アドバイザーの沢渡さんと、お出かけすることになったんだ。デートだよ、デート。どこにしようかな。リムジン出したら、引かれるよね。あんまり堅苦しいのは、好きじゃないよな。候補を考えておかないとな。うーん、なにを着て行こうかな。そうだ、みんなには、電話をかけてこないように、言っておかないと。どうか、楽しい一日になりますように。ねえ、しろさんも、祈っててよね」

ふふっと、彼は笑う。

「おかしいな。俺、なんでこんなにはしゃいでるんだろう。ただの、お試しデートなのにね。沢渡さんは男の人だし、ほんとの恋人と会うわけでもないのにな。ああ、でも、いつも、真剣に俺と向き合ってくれている沢渡さんと、どんなことができるのか、めちゃくちゃ楽しみだよ」

加賀谷との「お試しデート」の待ち合わせは、都心の駅中にある、カフェだった。彼がどのくらいの余裕を持って来るのか知りたかったので、沢渡は待ち合わせ時間より三十分早く入店した。

まだかかるだろうと、読書しながら待っていたのだが、加賀谷はさほど遅れずに来た。

「沢渡さんですか」

そう言って、彼は声をかけてきた。

今日の加賀谷は、マリッジ・イナダでいつも見る、スーツ姿とは違う。スラックスに革靴、質のよさそうなシャツにノーネクタイ、さらに焦げ茶のジャケットを着用している。前髪をあげていて、彼の形のいい額をあらわにしていた。

沢渡は立ち上がる。

「はい、マリッジ・イナダで紹介された沢渡孝です。加賀谷さんでしょうか」

「加賀谷求馬です。今日は、よろしくお願いします」

二人して視線が合い、あまりの茶番に笑ってしまった。

「だめじゃないですか、加賀谷さん。まじめにやりましょう。せっかくのお試しなんですから」

「そういう沢渡さんだって、笑ってますよ。ちゃんとチェックして下さい。あと、この店のレシートは回して下さい。経費に計上しますから」

加賀谷が座ったので、沢渡もそうした。

「どうですか、俺の、今日の服装は」

ノーネクタイなので、フォーマルなディナーなら断られる可能性があるかもしれないが、待ち合わせは午前中だ。ランチなら、入れないところはないだろう。

「いいと思います。とてもよく、お似合いです」

加賀谷は笑って返してきた。

「ありがとうございます。あなたも、とてもすてきですよ。ラフなスタイルの沢渡さんは新鮮ですね」

沢渡が着用しているのは、ざっくりした綿のセーターとチノパン、そして愛用の四角いなめし革の鞄《かばん》であった。

ごくごく自然に相手の服装を褒めることができる。これは、一種の才能だ。そうされて、いやな女性がいるだろうか。いるわけがない。

——んんんっ！

現に自分だって、ちょっぴり嬉しかったりする。

——仕事！　これは、仕事なんだから！

よし、厳しくチェックするぞと心に決める。めちゃくちゃ細かいことを口にする。

「加賀谷さん、早く着きすぎです。まだ二十分前ですよ。遅れるのは論外ですが、十分前が理想です」

加賀谷があきれたように言った。

「俺より早く来ていた沢渡さんに、言われたくないんですけど。来たら、もういらしていたので、やられたと思いました」

彼は、クスッと笑った。

「もしかして、そんなに俺との待ち合わせが楽しみだったんですか?」

ぐっと押し黙る。耳が赤くなってしまいそうになる。

そりゃあ、昨日はなかなか寝付けなくて難渋したりしたんだけど、それは、楽しみとかそういうんじゃない。初めての業務に緊張していたからだ。

「チェックのためです。もし私が、時間ぎりぎり、もしくは遅れて来たら、なんておっしゃるつもりだったんですか」

「そのときにはもちろん、『今来たところ』って言いますよ。じゃ、俺もなにか、飲みものを買ってきますね」

加賀谷が立ち上がり、カウンターまで歩いていくと、店内の客の視線が移動する。

……そうだよなあ。この人、かっこいいもんなあ。

加賀谷がコーヒーをのせたトレイを持って帰ってきて、「おまちどおさまでした」と席に着く。まだ、視線を集めたままで。

沢渡は気になってきた。

店内の人に、自分たち二人は、どう見えているのだろうか。会社の同僚というには二人の服装はくだけているし、沢渡はとにかく、加賀谷はどうしたって会社員には見えない。彼は芸能人かモデルと言っても通じるだろう容姿なのに比べて、自分はふつうの、ありきたりの、人によっては「好青年」と言ってくれるかもしれない程度の外見だ。

芸能事務所のタレントとマネージャー、クリエイターと営業、もしくは、いましも高い壺《つぼ》を買わされようとしているところ。

だが、加賀谷は、他人の視線など、まるっきり気にしていないようだった。これほどの容姿なのだから、見られることには、慣れっこなのかもしれない。彼は、テーブルの上にある、沢渡の本に気がついた。

「待つことになると思ったので、持ってきたんです」

言い訳するように言って、その本を鞄にしまう。

加賀谷は微笑《ほほえ》んだ。

「その本、俺も読みましたよ」

「ほんとですか?」

沢渡は正直、驚いた。この作家は、繊細でファンタジックな作風で、加賀谷が好んで読むとは思わなかったのだ。

「その作家さんの本、このまえのもよかったですね。ピアニストが主人公のやつ。最後のほうで、師匠をカバーしながら二人で演奏するところ、あれはできるもんなんでしょうか」

「あの二人だったら、可能な気がします」

「そうだ。この近くに、本に出てくる店のモデルになっているところがあるんですよ。物語の中盤に出てきた、ズワイガニのクリームコロッケがありますよ」

「それは……——食べてみたいですね」

ごくりと喉が鳴った。話を合わせるとかではなく、純粋に興味が湧いた。

その本に出てくるカニのクリームコロッケは、ホワイトソースの中にカニではなく、カニにクリームをまぶしたと言っても過言ではない逸品で、読みながら、涎《よだれ》が出そうになったものなのだ。今日はまだ、朝ごはんを食べていなかったので、腹が鳴りそうになるのをこらえるのがたいへんだった。

加賀谷が横を向いて、口を押さえている。笑うのをこらえている。いけない、これは仕事、これは仕事、と、沢渡は繰り返す。

この、ミスター・サンシャインの笑みにつられて、ついつい、『素』を出し過ぎてしまう。

「沢渡さん、アレルギーや、苦手な食材はありますか？」

目の前で、加賀谷が携帯端末で検索を始めた。

「ないです」

「自家製ソースのサラダがおいしいんですけど、アンチョビは？」

「好きです」

「じゃあ、そこにしましょうか」

沢渡に否があるはずもなかった。


加賀谷が連れて行ってくれた店はビルの二階にあり、広い庭園公園に面していた。借景の樹木が九月末の光にまぶしい。

店の片隅には、本に出てきたグランドピアノが設置されている。

テーブルクロスは真っ白で、その上に、皿が並んだ。

メインのクリームコロッケは、微細なパン粉が均一にまぶされていて、金色に輝いている。揚げたてであることを誇示するように、じゅわりと小さな油の泡が一つ、表面に浮かんで消えた。

加えて、アンチョビソースのサラダとコンソメスープ、そしてパンを入れた籠《かご》にレモン水のグラス。

「いただきます」

クリームコロッケをナイフで割ると、中からカニがあらわれる。

「これ、本にあったとおりですね。カニにクリームがまぶされてます。ぼくの知ってるカニクリームコロッケじゃないです」

「沢渡さん、気をつけてください」

加賀谷に注意された。

「揚げたては熱いですから、注意して召し上がって下さい」

「……はふっ！」

その忠告は三秒ほど遅かったようだ。

「あー、あっつー！　あっつ！」

沢渡は悲鳴を上げる。加賀谷がレモン水を渡してきた。

「だいじょうぶですか？」

加賀谷が心配そうにこちらを覗《のぞ》き込んでいる。

「平気です。熱かった。けど、おいしいです」

涙目になりながら、沢渡は告げる。

「沢渡さんでもそんな声を出すんですね」

加賀谷はほんの少し、笑っている。本気で熱かったというのに。

「いつも、仕事をしているときには、落ちついていらっしゃるから。そんな可愛い反応するなんて、思いませんでした」

……可愛い？

この人、今、自分のことを「可愛い」って言った？

「しょ、初対面の相手に『可愛い』とか、かえって失礼でしょう」

「あ、そうですよね。すみません。沢渡さんが可愛いので、つい……。あ、いつもは言わないんですよ。ほんとです」

くううう！

沢渡はナフキンを手で握りしめる。

この男が、悪意で言っているのではないことが伝わってくるだけに、この羞恥《しゅうち》すれすれの憤《いきどお》りを、どこに持っていったらいいのか、悩んでしまう。

とりあえず、口の中だけでも冷やそうと、アンチョビソースのかかったグリーンアスパラガスを口に運ぶ。熱くなっていた口の中が、おいしく冷やされていく。

「はあ……」

沢渡はちょっぴり反省する。

「今日は、スーツを着用してチェックボードを片手にしていれば、よかったです。そうしたら、もう少しは仕事モードになれた気がします」

加賀谷があわてる。

「そんなことを言わないで下さい。俺は、ふだんの沢渡さんが見られて、嬉しかったですよ」

沢渡は仕事のときのように、できるだけ顔を渋く作ろうとする。

次のコロッケは、あらかじめ切ってから慎重に口に運んだので、やけどをした口の中に少少しみはしたものの、カリッと衣が、とろっとクリームが、そして、うまいばかりのカニ肉が、芳醇な香りを伴って口中に広がった。

ああ、まずい。渋い顔が崩れそうになる。だって、おいしいんだもの。

「なんだろう。この風味」

「クリームにマッシュルームのエキスを入れてるらしいですよ」

「なるほど」

これは、きのこの旨味《うまみ》だったんだ。

「ここの、牡蠣《かき》フライがまた、おいしいんです。次には、それを食べてみませんか」

「それは、ぜひ……」

ご一緒したいですと言いそうになって、顔を引き締めた。

「それは、婚活のときにはよいお誘いですが、ぼくはしませんよ。お試しデートは今日限りです」

「残念。で、どうでしたか。俺のエスコートは」

「……相手の興味のあることを引き出して、ちゃんとその場で予約して連れていきましたよね。店の選定も悪くないです。五分くらいなら、ヒールの女性でも歩けるでしょう。立地もいいし、明るい雰囲気で、食事もおいしい。それでいて、そこまでかしこまった店でもない。

交際して初めてとしては、素晴らしいセレクトです」

「お褒めの言葉、ありがとうございます」

なにを言っている。だからこそ、問題なのではないか。

ここだけの話、マリッジ・イナダに登録する男性のほとんどが、「女性と交際するのにふさわしい服で、お相手を適切な店に連れて行く」ことができないのだ。相手任せにしてしまって、「こちらをエスコートしてくれない」と不満を訴える女性の、なんと多いことか。逆を言えば、そこをクリアしさえすれば、交際に結びつくことになる。

だが、彼はそうではない。ということは、加賀谷の問題は、別にあることになる。

食後には、小さな洋菓子の盛り合わせとコーヒーが出てきた。

それも食べ終わると、ちらりと加賀谷は腕の時計を見る。そろそろ時間だと沢渡も携帯端末をしまった。

「じゃあ、行きましょうか」

「はい」

「ごちそうさま」の声とともに、加賀谷は会計を通り過ぎる。

「あの。お会計は?」

「さきほど、沢渡さんが席を立たれたときに、済ませておきました」

「恐縮です……」

階段を下り、公園の中を歩いていく。

夏が終わり、秋が来ようとしている。最後の緑が深く色づいていた。

「今まで五十人いたお相手からの、加賀谷さんへのクレームには、『仕事の電話がかかってきた』というのが、けっこうあったんですけど、今日はそういうのはなかったですね」

沢渡が何気なくそう言うと、加賀谷は返した。

「それは、今日は、根回ししたからです。デートだから、かけてこないように言っておきました。みんなが、協力してくれたんで、助かりました」

いや、それはと、沢渡はツッコミを入れる。

「ふだんのデートのときにも、ぜひ、そうしてください」

加賀谷は、うなずきはしなかった。

「それは、お約束できません。今日は、沢渡さんのチェックが入るから、がんばっちゃいましたけど」

婚活と仕事とどちらがだいじなんだと言いたかったが、それをもし、自分が言われたとしたら困ってしまうので、言えなかった。

今日の彼のエスコートは満点だ。だからこそ、なぜまとまらないのだという疑念が募ってしまう。

――加賀谷さんって、どう考えても、遊び慣れている感じじゃないですか。

そうだ。

今日のような気遣いは、女性とつきあった経験が豊富でなければできない。

――大きなトラブルを起こさずに、穏便に向こうから別れてくれと言わせるのなんて、お手の物だと思うんですよね。

もし、「暇つぶし」として婚活しているのだとしたら。いかに社長から頼まれているのだとしても、彼には退会してもらわなくてはならない。

「もう、時間が過ぎました?」

加賀谷が聞いてきた。考えにふけっていた沢渡は我に返った。

「なんの時間ですか?」

「勤務時間です。何時までですか?」

そう言いつつ、加賀谷は腕時計を見せてきた。

「ああ、社長に申告した時間は、過ぎましたね」

その時計は銀色に輝いていた。盤面の広い、かなり古い形だったが、ていねいに磨かれている。

「どうしました?」

「すてきな時計ですね」

加賀谷が、ちょっと驚いた表情になった。それから、破顔する。

「そうでしょう」

自慢するように言った。

「父親の形見なんですよ。あまり、口数の多い人じゃなかったんですけど、俺がこの時計を気に入っていたのを、覚えてくれてたんでしょうね。遺言の中で、わざわざ、この時計は求馬にって指名してくれてたんです。これ、手巻き式なんですよ。一日に一回、ここのでっぱり、竜頭《リューズ》を動かしてゼンマイを巻かないと止まってしまうんです」

「加賀谷さんの歴史の一つですね」

「そうなんです。お気に入りです」

公園の出口で、加賀谷が、問いかけてきた。

「もう一軒だけ、つきあってもらえませんか」

「でも、もう」

勤務時間は過ぎた。彼につきあういわれはない。

決して、行きたくないわけではない。だからこそ、まずいのだ。

「だめですか?」

加賀谷は悲しそうな顔をしていた。

「もうたぶん、こうして外で会えることはないですよね。だから、あと二時間だけ、俺に時間をくれませんか」

加賀谷といると、たいそうに楽しかった。出会って一年になるせいもあるし、彼が気を遣ってくれたのもある。自分が自惚《うぬぼ》れているのでなければ、自分たちは、とても相性がいい。

好感を持ってしまうのを、抑えきれない。

――これは、仕事。これは、仕事。あくまでも、彼が成婚に至らない原因を追究するだけだから。

「……わかりました」

顔を引き締め、うなずいた。


「こっちですよ」

加賀谷が連れて行ってくれたその店は、電車と地下鉄を乗り継ぎ、さらに十分ほど歩いたところにあった。

住宅街の中、地下への階段を下りる。

まだ看板が出ていない。「準備中」の札がかかっているドアを、加賀谷は臆することなくあけた。

漆喰《しっくい》の壁には古い外国映画のポスターが一面に貼られている。

まだ仕込み中らしく、カウンター内のキッチンには大きな鍋がかけられていた。

若いころには、海外をバイクで一周してましたと言われたら納得してしまいそうな、長髪を後ろで結んだ四十がらみの男性が、よく日に焼けた顔に笑いじわを刻んで「いらっしゃいませ、若」と迎えてくれた。

　加賀谷が彼に謝った。

「ごめんね、マスター。この時間からあけてもらって」

「いいですよ。若の頼みじゃね」

「若……？」

　加賀谷のフルネームは加賀谷求馬。若という字はどこにもない。

「加賀谷さん、若って呼ばれてるんですか？」

「ああ、若っていうのは、俺の――……ニックネームみたいなものです」

　そのときに、マスターが「ニックネームねえ」と苦笑したのがわかった。加賀谷がマスターを「よけいなこと言うなよ」というように、目で制する。マスターは肩をすくめた。加賀谷が聞いてきた。

「沢渡さん、お酒は飲めますか？」

「あまり強くはないですね。ワインだったら、一、二杯ってところです」

「飲んで欲しいお酒があるんです。そこまで強くないから、安心して下さい。沢渡さんは、何年生まれですか？」

　特に隠すことでもないので、正直に答えた。

「じゃ、マスター。その年のマデイラワインを」

それを聞いたマスターの眉が跳ね上がった。

「グラス？　ボトル？」

「ボトルで」

「おつまみはなんにします？　まだ作っている最中なんで、あんまり出せるものはないんだけど」

「今、食べてきたところだから、お腹はすいてないんだ。チーズを適当に切ってくればいいや」

「はいよ」

マスターが、木のボード上にチーズを並べて、目の前に置いてくれた。その横に、ショットグラスがある。ずんぐりしたボトルには醸造所の名前と自分の生まれ年が白い文字で書かれているだけだ。

「沢渡さん、マデイラワインを飲んだことは？」

「ないです。名前だけは、知っていますが」

そうだ。社長が、いつだったか、好きなワインだと言っていたのを聞いたような気がする。

加賀谷が酒瓶を傾けて注《つ》いでくれた。ワインというよりも、キャラメルソースのような、濃い色の液体がショットグラスに満たされた。

一口飲んで、驚いた。

「おいしい」

自分が知っているワインとはまったく違う。

「嬉しいですね。俺も、このマデイラワインは好きなんです。シェリーに似ているけれど、もっと濃厚ですよね」

「ぼくには、お酒のことはよくわからないですけど……――。甘くておいしいです。デザートみたい」

「もともとマデイラワインは、ポルトガル領マデイラ島で造られたワインなんです。当時は冷蔵コンテナなんて、なかったですからね。赤道直下の暑い場所で運ばれているうちに酸化して、芳香を放ったと伝えられています」

「へえ」

「マデイラワインは長期保存が可能なんですよ。だから、これは、沢渡さんの生まれ年のワインです」

こういうことがさりげなくできてしまうとは。

この人は慣れてるんだな。どうして結婚相談所に来ているのか。聞きたいのだが、ここはふさわしくない気がした。

せっかく、自分のために案内してくれた、おそらくは大切なこの場所で、無粋《ぶすい》なことはしたくない。次にマリッジ・イナダで会ったときにでもいい。

そんなことを考えて黙り込んでいたら、なにを誤解したのか、加賀谷が言った。

「沢渡さんの彼女さんに、申し訳ないですね。本来はお休みなのに、あなたを独占してしまって」

「そういう人はいないですから」

いつもなら、客にプライバシーを漏らさないように、もっと気をつけている。だが、ふっと、そう答えてしまった。

もしかして、酔い始めているのかもしれない。

「そっか」

彼は、そう言うと、また、注いでくれた。

「このマデイラワイン、おすすめの飲み方があるんですよ。バニラアイスにかけるんです」

この葡萄《ぶどう》の香りのカラメルソースのようなマデイラワインを、バニラアイスにかける。なんと贅沢なのだろう。

「それは、試してみたいですね」

うっとりと沢渡は言った。加賀谷が問いかける。

「マスター、アイスは……」

マスターは肩をすくめた。

「あいにく、切らしてる」

「買ってくるんで、ちょっと待ってて下さい」

そう言うと、加賀谷は店の外に出て行った。待っている間、沢渡はちびちびとマデイラワインを飲みながら、チーズをつまんでいた。

「あの」

沈黙に耐えきれず、沢渡が口を開く。とはいえ、なにを話していいのかもわからないままだったので、とりあえず、目の前のことを話題にしてみた。

「それは、なにを作っているんですか」

「ああ、これ？　牛モツのトマト煮込みだよ。うちではモロッコ風に、ちょいとクミンを効かせてる。バゲット《フランスパン》にのせて食べるとうまい」

彼は、にこっと笑った。

「ちょっと食べてみる？」

そう言うと、マスターは小皿に煮込みを、バゲットを薄く切ったもの添えて出してくれた。ニンニクとオリーブオイル、そして、トマトの酸味とクミンの香りが豊かだ。モツの臭みはまったくない。

「おいしいです」

「そりゃあ、よかった。若の連れてきたお客さんだからね。おもてなししないとね」

「加賀谷さんは、どうして『若』なんですか？」

「うーん……」

マスターが、顎をさすった。どうしようか、悩んでいるようだった。

「沢渡さんは、若とどういう関係なのか、聞いてもいいかな」

「ぼくは、加賀谷さんが登録している結婚相談所で、彼の担当なんです。今日は、加賀谷さんの交際スキルチェックのために来たんですけど……」

だが、やる必要はあったんだろうか。わかったのは、彼のレベルが高いってことだけだ。

マスターも言った。

「えー、若の？　今さら？」

「そうですよね。加賀谷さんのリードは完璧でした」

待ち合わせには駅の中のカフェ。迷う可能性を減らした。そこで、自分が読んでいた本を見て、臨機応変に合わせてきた。

本が好きな人間にとっては、物語中に出てきた店なら、興味を引かれる。

着てきた洋服は、ややくだけた、だが、ランチならどこだって入れるもの。清潔感があり、初めて会う相手に安心感を与えること請け合いだ。

初対面の相手とタクシーに乗ったり、電車で移動したりするのは気詰まりという女性もいるだろう。その点、五分の徒歩なら話が途切れることもないし、お洒落《しゃれ》をしている女性でも平気だろう。

　正直、とても楽しかった。

「加賀谷さんは、たぶん、すごいもてるんだろうなとは思いました」

　マスターはうなずく。

「そりゃ、そうですよ。あれだけ見た目もいいし、優しいし、実家は金持ちだし。若が高等部に行っていたときなんて、バレンタインデーには、本宅に冷房付きのプレハブ建ててチョコレートを保存したって伝説があるくらいですからね。校内の女子はもちろんのこと、半径二十キロの学校から女子が来て、一人一人からチョコレートをもらっていたんで、その日のうちに帰宅できなかったそうですよ」

　嘘のようだが、その様子が想像できてしまう。

　ザ・パーフェクト、ミスター・サンシャインだものな。

「加賀谷さん、どうして今まで、結婚されなかったんでしょうね。正直、加賀谷さんだったら、うちなんかに来る前に結婚されているのがふつうだと思うんですけど」

「若は広く浅く、平等に親切――ってひとですからね。誰か一人に決めるのが難しかったのかもしれないです。お付き合いした人だって、何人かはいたでしょうけど、ちょっと複雑ですからね。若のおうちに関しては、聞かれてますか？」

「大地主さんなんですよね」

ふっと、間があった気がした。

なんだろう。マスターに、「ああ、そのくらいの付き合いなのね」と言われたような気がした。

マスターがにっこり笑った。

「……そうなんですよ。このあたりがまだ村だったころからの地主でね。それから宅地開発が進んで、高級住宅地ってくくりになってるから、いくらでもふっかけることができるのに、昔からここで暮らしていた人たちのことを、それはそれは考えてくれてますからね」

「なるほど。地主さん。だから、『若』……」

彼が「若」と呼ばれているゆえんは理解できたものの、マスターが肝心なところを隠している気がすることに、もやもやしている。そんなことを感じるのは、どうかしている。加賀谷といい距離でいたいと願っているのに、感情を抑えることができない。

そんな微妙な空気で、できることと言えば、飲むことしかなくて、ついつい、酒を過ごしてしまった。

「コンビニでアイス買ってきましたよ」

そう言って加賀谷が帰ってきたころには、やけに頬が熱く、とろんとした状態になっていた。

「あ、嘘。沢渡さん、大丈夫？　けっこう飲んだね。これ、口当たりがいいけど、アルコール度数が二十パーセント近くあるから、案外回るんだよ」

「そういうのは、言っといてくれにゃいと、わからないれす」

「はい？」

なんということだろう。自分は、めちゃくちゃに酔っている。

「しゅみません。いちゅもは、こんなにすぐに酔わないのに」

「平気？　歩ける？」

「らいじょうぶれす。歩けましゅ」

「ぜんぜん、大丈夫じゃないんだけど。沢渡さん？　眠いの？　沢渡さん？」

なんか、すごい、いい気持ち。

安心できる、この温かさはなんだろう。

優しく、髪を撫でられている。

——孝、いい子だ。

働き者の手だ。節があって、よく動く、すてきな指だ。

遠い昔にあった、幸福で甘い時間。自分が求めている、深い愛情がここにはある。

「気持ちいい……」

ふにゅーと沢渡は笑み崩れる。

「沢渡キューピッドは、自分のことより、お客さまのお相手を探して、がんばっているんですね」

「うん……」

そうだよ。がんばっている。「結婚しました」。幸せそうな客の報告を聞くと、自分でも役に立っているんだと心底嬉しくなる。だけど、ときには、寂しくもなる。自分の相手はいないんだ。もう、ずっと、いないのかもしれない。

求めている。愛する人とずっと暮らしていくことを。それは、夢に過ぎないのかもしれない。はかない、望み。

指が止まった。

「お願い。もっと撫でて。やめないで」

「甘えん坊さんですね」

笑みを含んだ声にそう言われて、とろんとした眠りからいきなり覚醒した。

さあ、自分の今の状況を確認してみよう。身体は並べられた堅い椅子に横たえられている。そして、加賀谷に、頭を撫でられている。

さーっと酔いも眠りも完全に去って行った。

かわりに身体があまりの失態に震えてきた。

自分は。

客と出かけたのにもかかわらず、酒を過ごして寝てしまって、その相手に頭を撫でられているのだ。

Coffee
Corn
Sand
Coffee
Corn

「寒いですか？　水、飲みます？　気分は悪くないですか？」

沢渡は身体を起こした。夢であってくれと願ったのだが、笑みを含んでこちらを見ているのは、加賀谷に違いなかった。

「あー……」

地獄から響いてくるような声が出た。

穴があったら、埋まりたい気持ちだった。

醜態だ。醜態過ぎる。

「ぼくは……どのくらい、寝てました？」

「十分ぐらいですよ。俺は医者を呼ぼうと思ったんですけど、マスターが、少し寝たら起きるだろうって言うから」

「面目ないです……。昨晩は、緊張して、眠りが浅かったから……」

「俺のためにですよね。ごめんなさい」

「違います。悪いのはぼくです。醜態をさらして、申し訳ありません！」

沢渡は、椅子の上に正座すると、深々とお辞儀をする。

「このお詫《わ》びはいくらでも」

「いいですよ。俺のわがままにつきあってもらったせいなんだし。それに、勤務時間外でしょう？　友人の介抱なんて、慣れているから気にしないで」

くっ。ミスター・サンシャインは全方向に眩《まぶ》しく甲斐甲斐しい。

「気にしますよ」

自分たちはお客さんとアドバイザーだ。彼の恵みを受けていい、友人ではないのだから。

トレイを持ってきたマスターが、それを加賀谷に渡して言った。

「じゃあ、今度は、沢渡さんにエスコートしてもらって出かけたら？　チェック云々《うんぬん》は別にして」

いや、マスター、なんてことを言うの！　今日だけでも、もう、色々やらかして、プロとしてのプライドはズタズタだっていうのに、これ以上、何かしでかすことは避けたい。会うならマリッジ・イナダにしたい。

「ねえ、若。いいアイデアでしょ？」

「マスター、ナイスです」

いや、全然ナイスじゃないでしょう。だが、加賀谷は乗り気なようだった。真剣な目をして、ひざまずいて口説《くど》いてくる。

「このまえも言いましたよね。俺は、家庭ってものがよくわからないんですよ。だから、沢渡さんが『家庭的』って思えるところに連れていって欲しいんです」

くらくらするような満面の笑みで言われると、断るのにめちゃくちゃ罪悪感がある。

「勘弁して下さい」

沢渡は必死に言い訳をし始める。

「あのですね。今日、加賀谷さんのチェックをするなんて、おこがましいことをしたぼくなんですが、恥ずかしながら、相手をエスコートしたことなんてないんです。ぼくと遊びに行っても、楽しいことなんて、一つもないですよ」

己で言っていて情けなくなるけれど、これは本気だったし、事実だと思っている。だが、加賀谷は「なんだ」とまた笑ってくれたのだった。この笑顔が、彼と話すときにはほとんどデフォルトになっている。この人は、いつも機嫌がいい。

「俺が楽しいかどうかを決めるのは、俺であって、沢渡さんじゃないでしょ？　それに、大丈夫。沢渡さんの連れて行ってくれるところだったら、どんなところでも楽しいですよ」

そんなことを言って、いっそうハードルを上げてくれちゃったりする。

「できたら、物で勘弁していただけると嬉しいのですが」

「もしかして、俺と出かけるのは気が進まないですか？　今日、楽しかったのは、俺だけだったようですね」

ミスター・サンシャインの笑顔が、みるみる曇る。罪悪感はつのる。

「そんなことは、ないですよ。ぼくも、楽しかったです」

「だったら、いいですよね」

沢渡は心の中で叫ぶ。

よくない！　ぐらついたら、どうするんだよ。

「それに、沢渡さん、さっき、お詫びはいくらでもっておっしゃってましたよね。あれは、でまかせだったんですか？」

「でまかせじゃないです！」

はっ、今のこの発言は。どつぼにはまっているのではないだろうか。

「じゃあ、いいんですね」

「ほんとに、そんなのでいいんですか」

「はい。楽しみにしてますね。どこに連れてってくれるのかなあ」

浮き浮きしながら、彼は携帯端末に連絡用のアドレスを送ってくれた。それから、ショットグラスを手渡してくれる。

「はい、マスター特製、酔い覚まし用のヨモギ水ですよ。苦いけれど、効果抜群です」

「う……」

それはどろっとしていて、青くさい匂《にお》いがした。舌先にのせてみると、苦みが広がる。

「えい！」

沢渡は覚悟を決めると、そのあやしげな液体を一息に飲み干した。

加賀谷は帰ってくるなり、中庭で小さな白猫を抱き上げて、話しかける。

「ねえ、しろさん。聞いて、聞いて！　沢渡さんに、また会えるんだよ。すごいでしょう？　マリッジ・イナダでじゃないよ。どこかに連れて行ってくれるんだって」

猫は、眠たそうに前足でひげをさわっていたのだが、加賀谷はそれにはまったく頓着《とんちゃく》していない。

「今日は、すごく楽しかったんだ。相手に失礼があったらどうしようとか、こちらの発言をどう捉えるかなとか、そういうのを一切考えないで、ただただ、たくさん話したんだよ。こういうのって、いいねえ。忘れてたよ。小学校以来かなあ」

くすくすと加賀谷は笑う。

「沢渡さん相手には、考えて話さなくてもいいんだよね。むしろ、言葉が次々にやってきて困っちゃう感じ？　うるさくないかなあって心配になったんだけど、沢渡さんは、ちゃんと聞いてくれるんだよ。俺たち、相性がいいのかなあ」

そこまでは、加賀谷は元気いっぱいだった。張り切って、話をしていた。だが、ふっと、口を噤《つぐ》むと、猫を地面に下ろした。猫は、その場にいる。

「しろさんも、少し、飲む？」

そう言って、加賀谷は家の中から小皿を出してくると、カラメル色のマデイラワインを注ぎ、猫の前に置いた。

「これは、沢渡さんの生まれた年のマデイラワインなんだよ」

猫は加賀谷を見上げると、しばしためらってから口をつける。ぴくっとその耳が立った。

「おいしいでしょ？」

猫は、にゃあと甘えた声で答える。

「沢渡さんも、このお酒が気に入ったみたい。うれしいなあ。俺も好きだからね」

猫の皿に、さらに酒を注いでやる。

「たくさん、お飲み。しろさん」

加賀谷は目を伏せる。睫毛《まつげ》が、彼の顔に影を作った。

「でも、次でお試しデートは終わりなんだよね」

彼の口調は寂しげだ。

「わかってる。沢渡さんが仕事熱心だから、俺につきあってくれたんだってこと。俺が社長さんからの紹介で、上客だから無理を聞いてくれたんだよね。だから、次のお試しデートは、完全に沢渡さんの厚意」

でもさ、と、加賀谷は続ける。

「楽しみにするくらいは、いいじゃない。だれかのためとか、何かに役に立つとかじゃなくて、純粋に俺自身が当日に期待している。それくらいはいいよね。そうでしょう、しろさん？」

猫は、酒をぴちゃぴちゃと舐《な》めていたのだが、低く唸った。

「わかってるって。そんなことにはならないよ。もし、沢渡さんがうちに来ても、庭には出さないから。ここは、しろさんの場所だからね。ああ、沢渡さんがうちに来て、いっしょに過ごせたら、最高なのにな。いろんな話をして、いろんなことができるのにな」

お試しデートから次の休日までの日々を、沢渡はただひたすら後悔して過ごすことになったのだった。

――どうしてこうなった？

このまえの「お試しデートアフター」での失態は、何か物で済ませようと、あれからも交渉したのだが、加賀谷からの「欲しい物ってないんですよね」という、金持ちだけが許される発言で却下されてしまった。

さらに、検索したところ、沢渡ががぶ飲みしたマデイラワインの値段は、予想とは桁《けた》が違っていた。

そこに至って、沢渡はようやく覚悟を決めた。

今度は、沢渡がエスコートする側で、加賀谷のリクエストは「家庭的な場所」。そう言われて沢渡が思いついたのは、動物園だ。

正直、加賀谷と行けばどこだって楽しいだろう。あの、ミスター・サンシャインが鬱々《うつうつ》としているところなんて、想像できない。

楽しいから、困る。嬉しいと、ますます困る。

加賀谷は沢渡がゲイだということを知らない。自分が恋愛対象じゃないと信じているからこその、罪なふるまいが、恋愛に関してはとんと疎《うと》い、今までちゃんと恋人とお付き合いしたことのない、ゆえにまだ乙女でうぶいところを多大に残している、沢渡の心をゆっさゆっさと揺さぶりにかかるのだ。

「だからと言って、やめてくれと言うのも、正直言って変だしなあ」

だいたい、なんて言えばいいのだ。

あまり親しげにされると、誤解しそうだからやめてくれ。——うん、ゲイばれするね。

近寄られると、不愉快だからやめてくれ。——こんなことを言おうものなら、他人に嫌われ慣れていないであろうミスター・サンシャインがどれだけ傷つくことか。それに、これは、あからさまに嘘だ。別に、不愉快じゃない。嘘をついて人を傷つけるなんて、しかもあのミスター・サンシャインをなんて、想像しただけでも胸がじくじくする。

もういっそ、あんまりおもしろくないといいなあ、大雨でずぶ濡《ぬ》れにならないかなあなんて、そんなことまで願ってしまったんだけど、当日朝は快晴だった。

さすがだ。きっと、加賀谷さんは晴れ男だ。

今度は駅の改札口で待ち合わせた。約束時間の十分前に着いたのに、加賀谷はすでに来ていた。長身の彼はすぐにわかる。

今日はワークパンツにブーツ、ロンTと、このまえより、ずいぶんとラフな服装をしていた。沢渡はと言えば、デニム素材のパンツに、スニーカー、短めのジャケットにデイパックを背負っている。

加賀谷もめざとく沢渡を見つけて、手を上げた。

きらきらした笑顔が、今日も眩しく、沢渡を射貫《いぬ》いていく。

「おはようございます、沢渡さん。今回は俺のほうが早かったですね。待ち合わせ場所にくる沢渡さんを見られて、よかったです」

そう言って、彼は爽やかに笑った。

「は、はい。おはようございます。今日はよろしくお願いします」

「じゃあ、行きましょうか」

「はい」

駅から動物園までは、十五分ほど歩くことになる。

「今日でお試しデートは最後ですね。残念です」

「最後」

そうだ。今度こそ、ラストだ。

——まあ、だったら、いいよね。ちょっとぐらい、楽しんでも。

仕事の神さまがいるとしたら、今日一日、ぼくが楽しくても、嬉しくても、おもしろくても、なんだったら、ちょっとぐらい、どきどきしちゃっても、大目に見て下さい。明日から、沢渡キューピッドは粉骨砕身、滅私奉公でがんばりますから。

そんな、揺れている沢渡とは対照的に、加賀谷はにこにこしている。

——ほんと、すごいなあ。

いつも機嫌がいい。ほんと、太陽の光に照らされた芝生《しばふ》の上にいるみたい。ほかほかしてくる。

マリッジ・イナダでは、外面《そとづら》がいい人なのかもと思っていたけど、そんなことはない。こんなにしっかりと安定した人は見たことがないくらいだ。

――えらいなあ。

沢渡は自身を、それほど気分の上下が激しいとは思っていない。むしろ、穏和なほうであると自負している。だが、加賀谷と比べると、静かな湖面とさざなみ立つ内湾ほどの差がある。

彼のほうが年上だからかと思ったこともあったのだが、もしあと七年経って自分が加賀谷と同じ年齢になったとしても、とてもではないが、こんなふうに気持ちを常に一定に、平らかに保てるとは思えない。

――だいたい、このまえの「お試しデート」のときからして、違うよね。

そう思ってしまう。

彼のデートをチェックするという業務だったのにかかわらず、デートには非の打ち所がなかった。自分は言わば、給料をもらいながら、無料飯《ただめし》を食らって、挙げ句の果てに酔っ払って彼に迷惑をかけただけだ。ひどい醜態だった。

あのときを思い出すと、じんわりと全身が汗ばんでしまう。

もし、あの失態を、加賀谷がマリッジ・イナダの稲田社長に言いつけたとしたら、かなりのお叱りを受けただろう。クビ……——とまではいかないだろうが、減給ぐらいは充分にあり得ることだ。

だが、彼はそんなことをする男ではない。

自分の休日に合わせてもらったので、今日は平日だ。にもかかわらず、周囲には、親子連れが目立った。

「今日は、近隣の県民の日だそうですよ」

加賀谷に言われて、なるほどと納得する。

両親に手を繋《つな》いでもらって、楽しそうに笑っている子どもに、昔の自分が重なり、沢渡の胸は懐かしさに痛みさえ覚える。

「あんまり混んでいると、加賀谷さん、疲れちゃわないですか」

わざと明るい声で言うと、加賀谷は元気な声を返してくれた。

「こういうところは、人がいたほうがにぎやかで楽しいですから」

「それもそうですね」

今日の加賀谷は、今までで、一番ラフなかっこうをしている。そういうかっこうが新鮮で、つい、口にしてしまう。

「加賀谷さん、そんな服を持っていたんですね」

「持ってますよ。マリッジ・イナダに行くときには、それなりの服を選んでいるだけですよ。

俺って、そんなにすかしたイメージですか？」

「そうじゃないんですけど、スーツやジャケットがお似合いなので」

彼はふふっと笑った。

「それは、褒め言葉と受け取っておきますね」

きらめく笑顔に、心臓の鼓動が通常よりはやく打つことを止められない。それにしても、加賀谷からは、褒められ慣れている者の余裕が感じられる。

――それは、褒め言葉と受け取っておきますね。

とかって、自分には一生口にすることはないだろうなあ。こういうセリフをさらっと言えてしまうところが、加賀谷さんだよ。

「でも、俺はけっこう、動きやすい服を着ることがありますよ。リフォーム会社を経営していることは、ご存じですよね？」

「はい」

ついでに言えば、そのリフォーム会社がごく順調であり、不動産業ほどではないが、彼に潤沢な収入をもたらしているのも知っている。

「ほぼほぼマネージメント的な役割なんですけどね。二十四社がうちの協力会社になってて、受注した工事の割り振りをして指示を出したり、進行を確認したりするのがメイン業務です。ただ、緊急とか人手が足りない場合には、俺が直接行くこともあるんですよ。だから、会社には俺の作業着が置いてあるんです」

作業着の加賀谷。それは、見てみたい。

「これでも、いろいろ資格持ちなんですよ」

そう言って、誇らしげに言う加賀谷はまぶしかった。

「どうりで」

沢渡は納得した。

「はい？」

「加賀谷さんの手って、働く人の手だなあって思ったから」

このまえ、自分の頭を撫でてもらっていたときに気がついたことだ。不動産王で資産家というよりも、職人の手だった。節があって、器用に動く、よく使われている、そういう印象だった。

歩きながら、加賀谷が時計をしているほうの手をかざした。

「お好きですか、こういう手」

「ええ。いいと思います。父を、思い出しました」

ぴたっと加賀谷の足が止まった。

「お父さん、ですか」

思いのほかに、情けない声だった。

「せめて、『お兄さん』にして欲しいところなんですが……。まあ、しょうがないですよね。お父さんでも」

そうか。自分の父親というと、かなり年配だと思っても無理はない。

「ごめんなさい。失言でした」

しょんぼりと謝る。

「いいんですよ。すこーし、ショックでしたけど」

「加賀谷さんを父親と言うつもりはないんです。両親が亡くなったとき、ぼくは中学一年でした。ぼくは父が二十四のときの子どもなので、記憶にある父は、ちょうど今の加賀谷さんぐらいなんですよ」

加賀谷はうなずく。

「そうだったんですね」

「だから、家族で行ったところって言われたときに、考えついたのも、動物園なんて、子どもっぽいところになっちゃって。いやじゃないですか？　今からでも、加賀谷さんの好きなところに行くのでいいんですよ」

「とんでもないです！　学校の写生会以外で動物園に来たのは初めてなんですよ。楽しみです」

「あの。我慢しないで下さいね」

加賀谷がいつもいつも、こうして楽しそうにしてくれているので、自分はずいぶんと気を抜いている。

「加賀谷さんが、優しいので甘えてしまっている気がするんです。仕事だったら、もうちょっとは真剣を研ぎ澄ませるんですけど、休日はだめなんです。なにか、不手際があったら、ほんとうにすみません」

彼は虚を突かれたように驚いた顔をしていたが、次には吹き出した。

「なに？　なんですか？」

そんなにおかしいことを言っただろうか。

「沢渡さん。そんな、まだやってもいないことを、あらかじめ謝っておくなんて、律儀《りちぎ》すぎますよ。俺は、心から動物園、楽しみにしていますよ」

それに、と、彼は言い添えた。

「この前みたいな可愛い不手際だったら、俺は、大歓迎ですよ。『もっと撫でて』って俺に甘える沢渡さんは、なんとも言えずに可愛らしかったですから」

「……！」

ぐわーっとうめいて地に伏せたくなった。

「もう……やめて……ください……」

震える声が、なんとも弱々しい。もう、ばかなのではないだろうか。

バーのマスターが言っていたではないか。この人は、誰にでも、優しいのだ。ザ・パーフェクトで、ミスター・サンシャインで、若で、ジェントルマンなのだ。きっと、それは男相手でもそうで、それなのに、自分だけがこんなふうにのぼせてしまっている。

くらくらする。耳があっつい。

「沢渡さん……？」

人の気も知らないで。

「加賀谷さん。早く行きましょう！」

己をごまかすように、沢渡は足を速めた。

動物園で見る動物たちは、絵本や映像で見るそれよりも、ずっと愛想がなくて、ときにはちょっと薄汚くて、すっとぼけていて、やる気がなくて、だからこそ、安心できる。

「あ！」

加賀谷が足を止めた。

「加賀谷さん、どうしました？」

「あれ、あれですよ」

そう言って、指をさす先には、強化ガラス越しに猛獣のコーナーが広がっている。そこにいたのは、白ヒョウだった。獲物を追うときには精悍《せいかん》に走るのだろうが、常に餌を与えられる動物園においては、そういう気持ちにはとんとならないらしく、のったりと怠惰《たいだ》に寝そべっている。このヒョウが雄《おす》か雌《めす》かはわからないが、なぜか「有閑《ゆうかん》マダム」という単語が、沢渡の脳裏に訪れたのだった。

加賀谷が嬉しそうに言った。

「この子、うちのしろさんに似てます」

しろさんというのは、加賀谷が飼っているペットの名前だ。なるほど。加賀谷の猫も「しろ」という名前なぐらいだから、白猫なのだろう。それにしても、ヒョウに例えられるとは、さぞかし大きくて立派な猫なのに違いない。

そのあとも二人は連れだって園内を散策した。

動物園の中は意外と起伏が多く、パンダの前を通って、鳥類のコーナーを回り、猿山まで来たときには、情けないことに沢渡の足は悲鳴を上げかけていた。

加賀谷がそれに気がつく。彼はいつだってジェントリーだ。

「一休みしましょうか」

そう言って、彼は、園内カフェに向かう。

「あ、あの！」

この、お金持ちの、うまいものをさぞかし食べているだろう、この人に。どうしてまた、自分はこんなものを作ってきてしまったのか。

「どうしました、沢渡さん？　気分でも悪いんですか？」

「やっぱり、いいです」

「だめです、ちゃんと言って下さい。あなたのことが心配なんです」

「言います。言いますってば」

真っ正面から見つめられて、とうとう白状する気になった。

「ぼく、じつは、おにぎり作ってきたんですけど」

ぱあっと加賀谷の顔が輝いた。

「もしかして、わざわざ、俺のために？」

「たいしたものじゃないし、加賀谷さんが他人の握ったおにぎりがだめなひとだったら、遠慮なく言ってください。持って帰って、ぼくの夕食にしますから」

「そんなこと、言わないで下さい。俺にも食べさせてくださいよ。あそこの木陰に行きましょう。飲食が可能みたいですよ」

加賀谷はそんなことを言って、浮き浮きとそちらに向かう。

木製のテーブルとベンチの上に、俵《たわら》と丸と三角のおにぎりが二人分、並んだ。紙コップに作ってきた麦茶を入れて、彼に「よかったら」とすすめる。

「ありがとうございます。いただきます」

「形が悪くてすみません。動物園と言えば、おにぎりかなーと思って」

それは、遠い昔の休日の楽しみ。両親に連れてきてもらった動物園。

なんで、あんなにわくわくしたんだろうと、不思議に思っていた。

けれど、加賀谷がおにぎりを食べているところを見ていると、その答えがわかる気がするのだ。あれは、親と来たから、大好きな二人とだったからだ。そして、そんな自分を見て、両親も目を細めていた。真に、とろけるほどに幸福なひとときだった。

加賀谷の手が止まった。首をかしげている。

「なんだろう、これ。この丸いおにぎりは鰹節《かつおぶし》味ですか？」

「そうです。それに、すりごまをたっぷり」

「とっても、おいしいです」

ぱくりと気持ちよく加賀谷が食べてくれたので、安心する。

「ごまは、すり鉢ですれば、もっと香りがいいんですけどね」

「こっちの三角のは、たぬきそばの味がします」

「だいたい、あたりです。揚げ玉とめんつゆが入ってるんです。刻んだ小ネギを入れるとおいしいんですけど、あいにく、切らしていて」

「切らしている」と言えば聞こえがいいが、沢渡が小ネギを使ったのは、もう何年も前のことになる。思い出すこともできないくらいだ。

「最後のは味噌《みそ》だ。ちょっとからいかな？」

「ちょっとだけ、ラー油を混ぜてあるんです。それだけなんですけど」

「うん、うまいです」

今朝方、寝惚《ねぼ》け眼《まなこ》で握ったものなので、どうなるかと思ったのだが、こんなに喜んでくれて、よかった。母親だったら、これに唐揚げと卵焼き、ブロッコリーなどがついたことだろう。

加賀谷が聞いてきた。

「動物園にはよく来たんですか？」

「親子で、よく来ましたよ。パンダは、これの前の子でした。もう、二十年近く前になるんですね」

「ご両親、中学一年のときに亡くなったっておっしゃってましたよね。これは、答えなくてもいいんですけれど……原因は……」

胸の中で少し痛むところがある。

平気だ。それで落ち込む時期はとうに過ぎている。

「交通事故です。居眠り運転のトラックが突っ込んできたんです。二人揃《そろ》って即死だったそうです」

「そうですか。おつらかったですね」

つらかった？　どうだっただろうか。沢渡は当時のことを思い出してみる。

「どうなんでしょう。事故の直後には、その後始末で、しばらく落ち着かなかったし。祖母

にも、親戚にも、友人にも、学校の先生にも、大変ねえ、さびしいわね、つらかったわねって言われたんですけど、それがどうにもぴんと来なかったんですよね」

昔、ハレー彗星《すいせい》が近づいてきたときに、地球上から空気がなくなるという情報が出回り、大騒ぎになったことがあるという。結局、それはデマで、空気がなくなることはなかったのだが。

両親がいなくなったときの衝撃の規模としては、だいたいそんな感じだ。

この世界が滅びるくらい。そんなことがあるわけない、こうして自分が息をして動いているのに、なくすわけがない。そう、頑固に信じ込んでいた。

「ああ、もう、帰ってこないんだなあって、わかったのは、それから何年も経ってからのことでしたよ。ぼくって、けっこう、冷たいヤツですよね」

「そんなことは、ないでしょう」

そう言うと、加賀谷はおにぎりの最後の一口を名残惜《なごり》しそうに飲み込む。

「あまりにも苦しいときには、痛みをそのまま与えると動けなくなるから、少し遅れてやってくるもんですよ」

「………………」

「沢渡さんはがんばりやさんですね」

そう言って、加賀谷はその手で沢渡の頭を撫でてくれた。

両親が亡くなったときに、加賀谷がいたわけではない。

だが、あのときに、彼が隣にいたような気がした。こんな、おかしなことがあるはずはないのに。過去を変えられるはずなどないのに。

それでも、彼のくれた言葉で昔の自分が慰められ、この働き者の手で撫でられた気がしたのだ。

加賀谷は、不思議な男だ。この人といると、北風と太陽みたいに、自分からすり寄っていきそうになる。

目から熱いものが零《こぼ》れ落ちそうになるのを必死に抑えて、沢渡は加賀谷に聞いた。

「加賀谷さんのご両親のことを、うかがってもいいですか?」

「うーん。うちは、変わってるんです。俺の母は元からいなかったし、親父さんはけっこう年がいっていたので、俺が大学入学と同時に熱海《あたみ》の養護施設で暮らし始めました。亡くなったのはそれからほどなくなんですが、ずっといつか来るのはわかっていたので、それほどショックではなかったですね」

彼は微笑むと、沢渡が用意したお手拭きで手をぬぐった。

「動物園とおにぎり、ごちそうさまでした。沢渡さんのご両親の思い出を、お裾分けしてもらった気がします」

動物園をあとにしたのは、まだ昼下がり。ゆらゆらと陽炎《かげろう》が見えている時分だった。

「コーヒーを飲んでいきませんか」

そう誘ったのは加賀谷で、彼が選んだのは駅の近くにあるクラシカルなカフェだった。

「楽しい一日でした」

「それは、なによりです」

コーヒーが出てきた。それを一口飲んで、沢渡は決心する。

今から、仕事モードになる。

これをおいてチャンスはない。深呼吸をして、顔を引き締める。

切り出す。

「加賀谷さんは、うちのマリッジ・イナダに結婚を希望しているから、いらしてるんですよね？」

「そうですよ。あたりまえじゃないですか」

コーヒーカップを手にして、彼がこちらに微笑んでいる。沢渡は渋い顔になった。

「ほんとうですか？　ぼくの目を見て、誓えますか？」

彼が、沢渡の目を見るが、すぐにそらしてしまう。

「……加賀谷さん？」

知らず、声が厳しくなってしまう。

「一応、その気は……」

あいまいな返答に、沢渡は切り込んでいく。

「加賀谷さん。ぼくは、本音を聞きたいんです。そうしないと、前に進めないからです。お試しデートは完璧でした。ぼくには、あなたはうちに登録していながらも、わざと相手が断るように仕向けているとしか思えないです。だけど、加賀谷さんが、相手をからかうとか、ましてや不純交際したいからそうしているとは思ってません。お願いします。事情があるのでしたら、ちゃんと、お話ししてもらえませんか。考慮します」

沢渡は、付け加えた。

「もちろん、ぼくは、加賀谷さんより年下の若輩者です。ご不満があるのでしたら、聞かせて下さい」

加賀谷はたじたじしている。

「いや、あの。沢渡さんに不満はないです」

「じゃあ、どうしてですか」

加賀谷はため息をついた。少し困った顔をしている。

ここで沢渡が「やっぱりいいです」と言えば、話は終わってしまうだろう。だが、そうしたくはなかった。

「加賀谷さんのお力になりたいんです」

加賀谷は覚悟を決めたようだった。

「わかりました。お話しします。あまりに突飛《とっぴ》な話なんで、信じてもらえるかはわからないんですけど」

そう前置きして、加賀谷は話し始めた。

「プロフィール・シートの備考欄には書けなかったんですが、加賀谷の本家は特殊な家系なんです。守護職……——いや、むしろ、神職に近いんです。不動産業とか、リフォーム会社経営は、その副次的なものと言ってもよくて」

「神主さんみたいな？」

「ああ、そうですね。それで、なかなかこう、難しいんですよね」

彼は、付け加えた。

「だいたい、しろさんが相手を気に入らないと、どうにもなりませんし」

仕事の話だと思っていたのに、急にペットの話になった。まあ、いざ結婚話が出たときに、飼っているペットが原因で頓挫《とんざ》するのはよくあることだ。

「そうですよね。大切なご家族ですものね」

加賀谷は深くうなずいた。

「そう、そうなんです。しろさんは、今や、俺の唯一の家族ですしね」

「そのしろちゃんが、なついてくれる人がいないんですね？」

「しろちゃん？　なつく？」

これはしまった。

「『しろさん』ちゃん？」

「いえ、名前というか、略称が『しろ』で。敬称をつけて、しろさん」

「なるほど」

とにかく。

「二十代のうちは、まだよかったんですけど……三十と同時に、見合いしろとか、自分の娘をとか、とにかく、結婚をすすめられるんです」

それはそうだろう。こんな優良物件、独身だと聞いたら、とりあえず、ダメ元でアプローチするに決まっている。

「それが煩《わずら》わしいということですか？」

「ええ。結婚となれば、しろさんのことは避けては通れません。でも、話しても、なかなかわかってもらえないんですよ。『たかがペットでしょ？』って言われてしまうんです。しまいには、事情を知っているうちの親族でさえ、自分の娘と結婚しろと言ってくる始末です」

「なのに、どうして、うちにいらっしゃったんですか」

沢渡は加賀谷に聞いた。

結婚が嫌だというのなら、結婚相談所に登録して交際相手とデートしまくるなんてあり得ない所業だ。そんなことをして、いったいなんになるのだろう。

「そ、それは」

「加賀谷さん、あなた、もしかして……」

一つの可能性に思い至って、沢渡は加賀谷をじっと見つめた。彼は、今までしなかったような表情をしていた。

すなわち、悪さが見つかった子どもみたいな、たじろぐような、戸惑うような、そのくせ少し嬉しそうな、そんな顔をしていたのだ。

「加賀谷さん、まさかとは思うんですが、あなた、マリッジ・イナダで交際を繰り返していれば、知り合いにお見合いをすすめられても『結婚を前提としてのお付き合いをしていますから』って断りが使えるから……――とか、言わないですよね？」

まさか、まさかと、思いながらの言葉だったのに、加賀谷は「ばれてしまいましたか。さすがは沢渡さんですね」とか言ってくる。

「加賀谷さんー……。なにを、考えているんですかー……」

不実だ。あまりにも不実が過ぎる。

「いいですか。先方さんは、一生をともにする伴侶を見つけるために、心を尽くして、時間を割いて、交際に臨んでくださっているんですよ？」

加賀谷が、両肩をすぼめて、頭《こうべ》を垂れた。

「はい。重々承知しております」

「わかってません！」

「いや、その。そこまで積極的じゃなかったことに関しては、謝ります」

彼はしどろもどろになりつつも、弁解する。

「でも、結婚をする気が、ないわけじゃないんです」

「今まで、加賀谷さんの御眼鏡《おめがね》にかなう女性がいなかったということですか？」

「残念ながら。こちらを年収で推し量る方では、どうにも」

「かーがーやーさーん……」

沢渡の腹の奥から、ドスの効いた声が出た。

加賀谷が、椅子の上でたじろいでいる。

「以前、加賀谷さんはデータで自分を選んでいるとおっしゃってましたね。いいですか、そんなのは当たり前です。加賀谷さんはお金に困ったことも困る予定もないから、そんなことをおっしゃいますが、女性は、自分と子どもの一生を相手の男性と築いていかなくてはならないんですよ。功利的になるのは、当然のことです」

そこまで言い切ると、口をへの字にして残りのコーヒーを飲み干した。加賀谷は頭を下げてきた。

「すみませんでした。俺にはそんな気はありませんでしたが、結果的には、沢渡さんが大切にしているお仕事を、侮辱したような形になってしまいました」

あまりにも、彼がしょんぼりしているので、沢渡は気の毒になってきた。彼は交際相手の時間を無駄にしたかもしれないが、少なくとも、相手を不愉快にしたりはしなかった。それだけは、評価してもいい。

沢渡は、力を抜いた。

「ぼくも、言い過ぎました。納得されないまま、成婚に至ってもいい方向にはいかないと思いますし、いいんですよ。ただ、以降は、ぼくもそのつもりで、加賀谷さんにご紹介する相手は慎重にいきたいと思っています」

そして。

「次こそ！　成婚に繋げましょうね！」

そう言って、沢渡はガッツポーズを取った。

いい返事が来ることを期待していたのだが、加賀谷はなんとも複雑そうな顔で「ああ、まあ、いい人がいれば」と、彼らしからぬ、煮え切らない声を出したのだった。

沢渡はポーズをといた。

そうだ。そもそも、条件がなしというのが、おかしいのだ。

「加賀谷さんにとっての『いい人』とは、具体的に、どんな人ですか？　具体的に言って」

加賀谷は、今までこの質問をされたことがなかったのだろうか。目に見えてうろたえた。

「そうですね。えっと……。俺を笑顔にしてくれる人、でしょうか」

「なるほど」

相づちを打ったものの、内心では「えー……」とがっかりした声をあげていた。加賀谷はいつだって、笑顔じゃないか。そんなの、条件にならないじゃないか。

いや、これからだ。

せっかく、ここまで彼と信頼関係を築いたのだ。これからは、マリッジ・イナダでの面談で、じっくりと本音を聞き出して、最高の結婚をしてもらうのだ。

そう、沢渡は決心し、仕事心に燃えていたのだった。


帰り際。

ついつい、「うちの部屋、最近、水の出が悪いんですよね」、そう口を滑らしたのがまずかったらしい。

相手はリフォームのプロであった。加賀谷は前のめりになった。

「沢渡さんの部屋は何階建てのどこらへんになるんですか？」

「六階建ての二階です」

そう答えると、加賀谷はまじめな顔をして伝えてきた。

「それは、心配ですね」

「あー、まあ、うちのマンション、けっこう古いんで」

「だとしたら、高置水槽方式かな。屋上に貯水タンクがありますか？」

少し考えたのち、答える。

「ありますね」

「沢渡さん。ちょっとお部屋を拝見させていただくわけにはいかないですか」

「……」

思わず、彼の顔を見つめてしまった。

わかる。わかるよ。下心なんてないことぐらいは。

……でも、こっちは恋愛に縁がないんだから。

せっかく、さきほど仕事モードに切り替えたんだから、もうこのまま別れたい。

だのに。

「すみません。図々しかったですよね。今日、お目にかかれて、あなたの作ったおにぎりをいただけただけでも、俺は嬉しいですよ」

なんて言って、はかなげに微笑むもんだから。

ぼく？　悪いのはぼく？

罪悪感がはんぱない。

「わかりました。お願いします」

水道でもガスでも見ていってもらおうじゃないか。

そうして、二人はここまで来た。山《やま》の手線《てせん》の駅から私鉄を乗り継いで三駅、そこからさらにバスに乗って十二分ほど。バス停からは徒歩三分。

「ここです」

部屋の広さを優先したので、この賃貸マンションはかなり古い。入居した二年前で、確か築三十五年だった。

エントランスを入ってから、すっかり職人の顔の加賀谷は床や天井を見てはぶつぶつつぶやいている。

「うーん、補修……塗り替え……この塗料だと……」

その加賀谷に、沢渡は話しかけた。

「加賀谷さん。ここまで来たんだから、お茶の一杯でも、飲んでいって下さい」

「ありがとうございます」

加賀谷は穏やかな笑顔になって、おとなしくあとをついてきていた。沢渡は確認する。

「言っておきますけど、ぼくの部屋、今、汚いですからね」

ここ最近、加賀谷と出かけることが続いたせいで、ただでさえ得意でない家事がおろそかになっていた。

ふふっと、加賀谷は仏のような慈愛に満ちた笑みを浮かべた。

「沢渡さん、気にしないで下さい。職業柄、けっこうな汚部屋を見ていますから、めったなことでは驚きませんよ」

「そこまでじゃないです！　ちらかっているだけです！　たぶん……」

自室に近づく。そのときに、足下《あしもと》に水がちょろちょろと流れていることに気がついた。その水は、廊下の端の溝に流れ込んでいる。そして、それは、どうやら、沢渡の部屋のドア下から流れ出しているようなのだった。

「ちょっと待って。これって……どういうこと？」

事情がまったく飲み込めないままに、沢渡は鍵をあけた。だが、ドアがひらかない。内びらきなのだが、重くて動かない。

「あかないです」

「手伝いましょう」

加賀谷も力を貸してくれて、二人して肩でドアを押すと、ごぽっという音を立てて、玄関に溜《た》まっていた水が置いてあった靴を巻き込んで流れ出てきた。

「ああ？」

人は、予想もしていなかったことが起こったときには、おかしな声が出てしまうものらしい。

ざばっと足下を水が流れていったあと、沢渡は靴のまま、廊下に上がった。風呂場の脱衣所のところに洗濯機が置いてある。その洗濯機に繋がる水栓が壁から外れて、大量の水が流れ落ちてきている。水は洗濯機の蓋《ふた》に跳ね返り、落ち、広がっていっていた。

「電気はつけないで下さい。万が一、漏電していたら、感電します」

そう言いながら、加賀谷は素早く何枚か、写真を撮っている。

「沢渡さん、水を止めてしまいますが、いいですか？」

「はい……」

思考能力が失われている。いったい、なにが起こっているのだろうか。

玄関横のメーターボックスをあけると、彼が止水栓をひねった。水は止まった。

沢渡は、ただただ茫然《ぼうぜん》と、濡れた靴で廊下に立っていた。

「どうしてこんなことに……」

「沢渡さんのせいじゃないですよ。水道管のトラブルでしょうね。もともと水回りが弱かったようですし、メンテナンスを怠っていたんだと思います。階下までいっていないといいんですが」

「いったい、どうすれば……」

掃除をしようと思うのだが、この床をどうしたらいいのか、目が遠くなるばかりだ。

「沢渡さん。俺に、まかせてもらえないですか」

「加賀谷さん……？」

「沢渡さん。大家をやっていると、いろんなことがあるものですよ。俺、こういうのには強いんです」

加賀谷は微笑んだ。頼もしく、沢渡には映った。

「まずは管理会社に連絡します。それから、保証関係は懇意にしている弁護士さんに相談しましょう。片付けは、こういうのを専門にしている部署があるんです。二十四時間対応なので、今から来てもらえるかどうか、聞いてみます」

そんなことまでしていただくいわれがないと言いたいところだが、こんなトラブルは初めてで、どうしていいのか、まったくわからない。

「……お願いします……」

「沢渡さん、これからしばらく、この部屋は使えなくなると思います。行く当てはありますか？」

「いえ……」

両親はなく、兄弟はおらず、祖母の家も売却した。

「……ホテルをとります」

「沢渡さん。こんなときに、ホテルに一人で泊まるのは、おすすめできないです。気持ちが沈むばかりですよ。俺のうちに、来ませんか？」

「加賀谷さんの、うちに？」

なんてことを言い出すんだ、この人は。

「気楽な独り暮らしだから、遠慮することはないですよ。部屋もあいていますし、マリッジ・イナダへも近いです」

「いや、でも」

だめだ、そんなの。

加賀谷と暮らす。わくわくする。

きっと、楽しいだろう。

今日だって、楽しかった。自分は彼といることを満喫した。

「二、三日のことですから」

「そういうわけには、いかないです。加賀谷さんにご迷惑をおかけするわけにはいきません」

「だって、ここまでひどくなったのは、俺のせいでしょう？」

なんでそうなるのだろう。違う。

「加賀谷さんのせいじゃありません。水道管のせいです」

「考えてみて下さい。もし、今日、あなたが俺と出かけていなければ、どうしたと思いますか？」

「家で、掃除洗濯をしていました」

「ですよね。あなたは水道管からの水漏れを即座に発見して対応したんじゃないですか」

「それは……そうですけど……」

こんなにざあざあと水があふれる前に、なんとかできた可能性は、大きい。

「だから、ここまで悪化したのは、俺のせいなんですよ」

なぜか得意げに加賀谷は言った。

「でも」

「お仕事は、いつからですか？」

「明後日《あさって》です」

「ここの対応に追われたら、それどころじゃなくなりますよ」

はっと我に返る。仕事。そうだ、仕事があったんだ、自分には。

「休み明けには、お客様の最初のデートに同伴しなくちゃならないんでした」

「俺は、沢渡さんについてきてもらったことは、一度もないんですけど」

どこか不満げに加賀谷は言った。

「加賀谷さんは最初からできる人だったから、必要なかったんです。でも、そのお客様は違います。研究畑にいたので、今まで、女性とお付き合いした経験がなくて、デートが決まった先週からすごく緊張されていて。お相手、おおらかでほがらかで、お客様を包んでくれそうで、お似合いの二人だと思うんです。浮き上がって見えたんだから、間違いないです」

「浮き上がって見える？」

「相性がぴったりだと、ぼくにはプロフィール・シートが浮き上がって見えるんです。それなのに、こんなんじゃ、集中できない」

自分の特殊技能のことを口にしてしまった。加賀谷はそれを、そのまま受け入れる。

「だから、うちにくればいいじゃないですか」

「でも、そんな」

「いいじゃないですか。男同士なんだし。なにごとも、あるはずがないでしょう」

——なにごとも、あるはずがないでしょう。

ふっと、沢渡の頭が一気に冷えた。

そうだ。彼の言うとおりだ。

男同士なのだ。ヘテロセクシュアルな加賀谷といっしょにいたとして、どんなに自分が、きゅんきゅんに胸ときめいたとしても、自分から口説き落としにでもいかない限り、いや、おそらく、そうであったとしても恋愛に発展する可能性はない。

婚活だって、片方がいいと思っても、成立しないように。

これは、加賀谷の、完全なる厚意による申し出なのだ。

自分さえ、しっかりしていれば、これは願ってもいない助けだ。

沢渡がぐらついたのを、加賀谷は感じ取ったのだろう。

「じゃあ、こうしませんか。このまえは、俺のデートをチェックしてもらったじゃないですか。今度はぜひ、同居して結婚生活シミュレーションして、俺に足りないところ、気がついていないところを指摘して欲しいんです」

加賀谷の足下を見た。いい革靴なのに、すっかり濡れてしまっている。早く手入れしてやらないと、悪くなってしまう。

そんなことを、考えていた。

「でも……」

「そうしないと、自信を持って次の交際に進めないです」

「いや、だけど」

「それに、さきほど、沢渡さんは聞きましたね。俺の相手に望む条件はなにかって。俺にはわからなくても、沢渡さんにだったら、わかるんじゃないでしょうか。俺は、結婚する気はあります。ほんとです。沢渡さんが、同居してチェックして下さい。お試し結婚をして下さい」

チェック。お試し結婚。

水道の復旧。仕事。

ずっとずっと、心に引っかかっていた加賀谷の成婚。

「掃除と水道管の修理なら、二、三日あれば帰れますから」
二、三日。そのぐらいなら、だったら。甘えてしまってもいいんじゃないだろうか。

お試し結婚生活で、加賀谷さんの日常をチェックして、そうして、今度こそ成婚を実現させる。

仕事。これは、仕事。

「……お願いして、いいですか」

「もちろんです！」

加賀谷が手を差し出した。その手を握り返す。

「そうと決まれば、貴重品と着替えだけ持って、出ましょう。靴を忘れないで」

スーツケースに着替えを詰めて、ドアを出ると、近所の人たちがなにごとかと覗き込んでいた。その間を縫って、出て行く。

なんだろう。これ。

「ぼくたち、夜逃げするみたいですね」

「まだ、日がありますけどね」

そんなことを言い合って、浮かれていた。

加賀谷は、バス通りまで出ると、タクシーを拾った。タクシーに行く先を告げて乗り込む。車内で加賀谷にはあちこちから電話がかかってきて、対応していた。さきほどの漏水に関してのことだろう。

この人に任せておけば大丈夫。

気が抜けた沢渡は、ずるずるとタクシーの背にもたれていた。この人の近くにいると、ぼくはすぐにのんびりしてしまうなあ。そして、眠りたくなってしまうなあ。

実際、半分寝かかっていたんだと思う。

「沢渡さん、沢渡さん」

そう声をかけられて起こされたときには、うとうとしていて、車から降りると、そこには煉瓦《れんが》造りのマンションがあった。

「ここは……?」

「麻布《あざぶ》です。このマンションの最上階にあたる五階ワンフロアが、俺の部屋になってます。駐車場は地下で、反対側は表通りに面してます」

最上階までは、エレベーターが別になっていた。広いエレベーターの片隅で小さくなりながら、上昇の負荷を感じている。

「はい、ここですよ」

降りると、直接、加賀谷の部屋に入れる。

「うっわ……」

そこは木材を多用した、ログハウス調のリビングダイニングで、正面一面がガラス張りになっていた。その向こうには、五階だとは思えないほどの、樹木の茂った森があった。中庭に向かって、ソファがしつらえられている。

加賀谷が湯で絞ったタオルを渡してくれた。

「これで足を拭いてね。靴と靴下、脱いじゃってくれる？　冷たかったら、床暖房入れるけど」

「大丈夫ですよ」

まったく寒くはなく、木の床がむしろぬぐった足裏に心地よかった。

「沢渡さんの部屋はこっちです。着替えたら、脱いだものをください」

言われて、廊下を行ったところでドアをあけると広々としたワンルームがあった。天蓋《てんがい》付きのベッドが片隅にある。

窓の外に中庭の森が広がっていた。

「ホテルの、エグゼクティブルーム？」

思わず呟《つぶや》くと、加賀谷が笑った。

「やだなあ、おおげさだよ、沢渡さん」

いや。まったく、おおげさではない。金持ちなのは聞いていたけれど、こんなところに住んでいたとは。

「ウォークインクローゼットがこっち。この部屋にはシャワールームもあるんだけど、中庭を見ながら入れる檜《ひのき》風呂は俺の自慢なんで、そちらもぜひ。リフォームはお手の物なんで、なにか変更して欲しいところがあったら、遠慮なく言ってね。ちょっとしたところなら、俺でもできるし、大がかりになるなら、専門家に頼むから」

そして。

濡れたデニムパンツを脱いで、イージーパンツでリビングに戻ると、テーブルの上にはすでに食事の準備が整えられていた。

グリルチキンにグリーンサラダ、きのこのスープにオムレツだ。それに、輝く白米ご飯が添えられている。

「え、なに。もしかして、加賀谷さん、魔法使い？　魔法で出したの？」

「まさか。お腹すいてるかもと思って、適当に作っただけだよ」

まずは思った。「適当」とはいったい？　世間では、いったいいつから「適当」の意味が変わったのだろうか。

「早くごはんにするのには、ちょっとしたコツがあるんだよ。段取りの時点で、散らすことを考えるの」

「散らす、とは……？」

「今日のメニューだと、鶏肉を電子レンジであらかじめ少し温めておくでしょう？　そのあいだに、レタスをちぎってサラダを作る。それから、あらかじめ切って冷凍庫に入っていたきのこを鍋に入れて、コンソメキューブを入れて、スープを作る。温まったチキンをグリルしている間に、ご飯を解凍して、オムレツを作る。ね、並行して作れるでしょう？」

「なるほど」

感心してしまう。自分が自炊するときに、そんなことを考えたことはなかった。料理上手な人は、作る前から違う。

「いただきます」

オムレツに箸を入れると、中は半熟だった。口に入れるととろりと卵のうまみが広がる。

「はあ、おいしい……」

ちゃんとチェックしようとか、お世話になるぶん、礼儀はわきまえようとか、考えているつもりなのに、疲れていた身体にこんなにおいしいものを与えられてしまったら、とてもそんなゆとりはない。

「いい顔で食べるね、沢渡さん」

「いや、ほんとにおいしいから。加賀谷さん、お料理、上手なんですね」

「一人でも困らないように、このまえのバーのマスターに習ったんだよ。おかげで、作れるものは酒のつまみがメインになっちゃったけど」

そう言ってから、彼は緑色のペーストが入ったガラスの容器を差し出してきた。

「これ、九州の知り合いが送ってくれた、自家製の柚胡椒《ゆずこしょう》。鶏肉にとても合うんで、よかったら、つけてみて」

柚胡椒というのは、たしか唐辛子に柚の皮と塩を加えたものだったよなと自分の知識を確認する。

かなりしょっぱいものだったはずなので、つけるのはほんの少しにする。

そうして、一口。

「……あ、ほんとだ。辛いけど、爽やかでおいしいです。こういうのを食べると、ついつい、日本酒が飲みたくなっちゃいますね」

「だよね。おいしいのがあるんだよ。どう、一杯」

「いいですね」

そこで気がついた。忘れてはならない。このまえの、一生の不覚と言っても過言ではない、酔った末の顚末《てんまつ》を。

「いや、ぼくはいいです。加賀谷さん、どうぞ召し上がって下さい」

そう言ったのだが、「えー」と加賀谷は声をあげて不満を唱えた。

「せっかく、大吟醸があるのにな。あれを、沢渡さんと飲みたかったのにな」

「大吟醸……」

お酒はそれほど強いわけではないけれど、正直言って、嫌いではない。

「ちょ、ちょっとだけなら、飲んでみたくないこともないかも……」

ついつい、そんなことを言ってしまった。

そうすると、加賀谷は嬉しそうに、「そう言ってくれるのを、待っていました」と言って、どこか別の部屋に行くと、未開封の一升瓶を携えて帰ってきた。

柚胡椒をつけたグリルチキンを口に運んで、それから小ぶりな切り子のグラスに注がれた日本酒を一口。

「う、うわー、おいしいー！」

「でしょう？　そうでしょう？」

「米からできたはずなのに、どうしてなんでしょう、この日本酒は果物の味がします」

「ふしぎですよねえ。発酵の過程で果実の香りがしてくるんですよ。お酒の味がわかる人と酌《く》み交わすことができて、嬉しいなあ」

加賀谷は陽気に言って、さらにグラスに酒を注いでくる。沢渡はそれを飲み干してから、なんだ、この既視感はと考えていた。これは、あれだ。このまえ、最初の「お試しデート」の日に、あった出来事とまったく同じではないか。

いかん。いけない。このひとは、すごくすすめ上手なのだ。ほいほい飲んでいたら、このまえ飲み過ぎてしまったときと、同じ轍《てつ》を踏むことになってしまう。

でも、このお酒、すごくおいしい。

いやいや、だめだ。だめだってば。

会話。そうだ、会話をしよう。

「今日は、すみませんでした。とても助かりました」

そう言って頭を下げると、加賀谷は、少しだけ珍しく渋い顔になった。

「それは、よくないな」

「よくない……？」

「沢渡さんは、謝りすぎ。謝るのは、ほんとに悪いことをしたときだけにしようよ」

「えーと……。じゃあ、今日は、ありがとうございます。これなら、いいですか？」

「うん。それから、同居お試しっていうことは、新婚――……つまり、夫婦ってことだよね」

「そうなりますね」

「だったら、沢渡さんもそういう気持ちでいて欲しいな」

彼は、微笑みながら、そんなことを言う。沢渡は面食らう。

「『そういう気持ちでいて欲しい』とは……？」

「結婚した二人が、他人行儀な言葉遣いをするなんて、おかしいでしょう？」

「それは……そうかもしれないですけど……」

この人は一体なにを言い出したのだろう。

「加賀谷さんは、結婚相談所の大切なお客様ですし。そんな、失礼な物言いをするわけにはいきません」

「わかる。すごく、よくわかりますよ」

グラスを片手に、加賀谷はうなずいている。

「沢渡さんはとても仕事熱心な方ですからね。そんな、ざっくばらんな口を利けないというのも、とてもよくわかります。でも、『お試し結婚』というからには、そこで『職務に忠実である』というのは、俺に敬語を使うことじゃない。できるだけ……――そう、言葉遣いも含めて結婚生活を再現することである……――、そうは思いませんか？」

そうかな？　そういうことになるのかな？

いかん。まったくもって、すすめ上手な加賀谷によって、またしても自分は酔っている。

頭の中がふわふわしている。

「そう言われればそんなような気が、してきました」

沢渡が言うと、してやったりというように、加賀谷が身を乗り出してきた。

「じゃあ、俺のことは求馬さんって呼んで下さいね」

「はえ？」

知らないとはいえ、この人は、なんて残酷なことを言うんだろう。自分は、加賀谷に好感を持っている。

でも、加賀谷は自分のお客様で、男性に興味はない。結ばれることはない。

「いやです。そんなのは、いくらなんでも無理です。勘弁して下さい、加賀谷さん」

彼は、グラスを軽く振ると、微笑みながら言った。

「ほらほら、だめだろう？　孝さんはもっとがんばれる子だよね？」

ああ、もう、加賀谷は絶対にこれは楽しんでいる。そうとしか、言いようがない。

これは、少しだけだし。

それくらいなら、きっと耐えられるし。

つきあおう。この茶番に。

浮き立つ気持ちと、冷静にいさめる己とにさいなまれる現実に。

「も、求馬……さん、そんな意地悪言うのは、やめてください」

な、名前を。名前を、呼んでしまった。

なんだ、これ。めちゃくちゃに、恥ずかしいんだけど。きっと、顔が真っ赤になっている。

その自覚はある。

加賀谷は、じつにいい笑みを浮かべて言った。

「孝さん、上出来だよ。それを、自然にできるようにがんばろうね！」

そう、言われてしまった。

「……あ、そうそう」

加賀谷は、外を指し示した。

「この家の中のものは、自由に使ってくれていいんだけど、ただひとつ、中庭にだけは出ないでね。あそこは、しろさんの領域なので。勝手に入られると、しろさんが不機嫌になるんだ」

「わかりました」

そう答えると、沢渡は中庭のほうを透かし見た。奥までは見えないけれど、猫は逃げないのだろうか。加賀谷のことだから、なにか対策をしているのだろうけれど……――。そう、沢渡は思った。

「沢渡さん、うちの自慢のお風呂に入ってよ」

そう言われたので、甘えることにした。

なるほど。庭に面した大きな窓を開くと、葉擦《はず》れの音や緑の匂いが入ってくる。露天風呂に入っているようだった。

「うー……」

うなりつつ、足を伸ばす。手指を開いて閉じる。

少し前までは、お客様の一人だったのに。どこをどうして、おうちにまでお邪魔することになったものか。

風呂から上がると、空色のパジャマが出されていた。着てもいいものか悩んでいると、加賀谷が言った。

「俺のだけど、洗ってあるから。さっき服を詰めるところを見てたけど、寝間着まではなかったみたいだから」

「ああ、うっかりしてました。あせっていたので、仕事に着ていくものしか持ち出しませんでした」

いざとなったら、アンダーで寝てしまってもいいやと思っていたのは、ないしょだ。

すみませんと言いそうになって、引っ込める。先ほど言うなと言われたこともあるが、もはや、謝っても謝っても謝りきれないほどの恩を受けてしまっていたからだ。堅苦しく言ってしまえば、このご恩は、一生かかっても返せそうにないってやつだ。

――そのぶん、お試し結婚でのチェックはがんばりますから！　あなたに好感を持っているのなんて、おくびにも出さずに、きちんとお相手を見つけて成婚させてみせますから！

ぐっと拳《こぶし》を握る。

パジャマの上は袖を折って、下は裾を折らないと無理だった。どれだけ足が長いのだろう。

「あー……これは……」

リビングに出てきた沢渡を見て、加賀谷が笑う。

「孝さん、思ったよりも華奢《きゃしゃ》なんだね」

華奢なんていいものじゃない。貧相なのだ。

「肩幅は人並みにあるんですけど、薄っぺらいってよく言われます」

「俺とは逆だね。よく、着痩《きや》せするって言われるよ」

Tシャツ一枚の加賀谷は、惚《ほ》れ惚《ぼ》れするような、男性的な美しさを持った身体をしていた。

「ほんとだ……」

服の上から想像するよりずっと、彼の胸板は厚かった。負けたと思ってしまうのは、オスの本能なのだろうか。

「うらやましい……。ぼくも、求馬さんみたいになりたいです」

そう沢渡が言うと、彼は思わずというようにその形のいい唇をほころばせた。白い歯が少しのぞく。それが、思いのほかにセクシーで戸惑う。

彼の手が、自分の身体にふれてきて、息が止まるかと思った。グリーンの甘い匂いがしている。

——う、うわ……！

叫びそうになるのをこらえる。加賀谷の手が動いて、沢渡の胴回りをはかった。

「孝さんは今ぐらいがちょうどいいと思うけどな。なんだったら、俺と一緒に少しスポーツやってみる？」

「あー」

ついつい、目が泳いでしまう。

「よく、言われるんですよ。なにかスポーツ、やっていたでしょうって。でも、高校のときには、ばあちゃんが倒れたんで看病しなくちゃならなくて、帰宅部だったんですよね」

「そうなんだ」

彼はそう言うと、沢渡の頭を撫でてきた。この人は、自分の頭を撫でるのが、ほんとに好きだなあと沢渡は思う。

「孝さんは、がんばり屋さんで偉いなあ」

「くっ……」

わかっているんだ。これは、あくまでも結婚相談所のサービスの一環としての同居で、いわばこれは仕事上の『ごっこ遊び』。つまりは、これは未来の妻へのいたわりに等しいわけで、自分自身への言葉ではない。そうわかっているというのに、どうしようもなく嬉しくなってしまう。

なんて単純なのだろう。自分でも、おかしくなるくらいだ。

「ん……？　あれ……？」

加賀谷が自分を撫でている手に力がこもった。まるで、なにかを確認するみたいに。

「ひふっ」

ものすごい、おかしな声が出てしまった。

今、なんか、すごかった。髪から感電したみたいだった。

彼から、遠ざかろうとする。だが、そうすると加賀谷は一歩、近づいてくるのだ。加賀谷が確認してきた。

「孝さん。髪、ちゃんと乾かした？」

「乾かしましたよ？」

「どうやって？」

どうやってもなにもない。

「バスタオルで」

「うん……？」

彼はさらに沢渡に向かって手を伸ばす。

「ふひっ？」

ふたたび沢渡の口から、出てはいけないおかしな声が出てしまった。彼は、頓着することなく、沢渡の髪に手をやり、あろうことか、髪の中に奥深く、指を入れてきた。

「う、うぐわ……」

人のものとも思えない声を出し続けそうになるのを、沢渡はかろうじてこらえた。この人、どうしてこんなことをしてくるんだろう。なにをやってくるの。

叫びたい。

そんなふうに、かわいがるのを、即刻、やめていただきたい。

彼の、あの、節の目立つ、男らしい指がこの髪の中を探っている。

（うひゃああああああ！）

ただひたすらに、その指が去って行くのを願って、身を硬くしていると、ようやく彼が手を離した。ほっと肩の力を抜いたのもつかの間、「中のほうまで乾いてないじゃない。俺が、乾かしてあげるから」と言ってきて、沢渡を悶絶《もんぜつ》させた。

「いらないです！」

沢渡は必死になって抵抗したのだが、「なんで？　俺は、夫として妻の髪を乾かしてあげたいって、そう思っただけなのに。そういうのってよくないことなの？」などと、真剣な顔をして言ってくるものだから、ついつい、「そんなことはないと思います」と、返答してしまっていた。

そうなると、加賀谷は当然、こう解釈する。

「それは……――髪を乾かしてもいいってことだよね？」

よくない。

まったくもってよくないが、これは業務のうち、業務のうち。

がまんだ、がまん。

「そうなりますかね」

「じゃあ、孝さん。いいんだね？」

加賀谷はリビングの真ん中にあるソファを示した。

「ここに座ってよ」

彼は、嬉しそうにニコニコしている。

はあと内心で盛大にため息をつきながら、沢渡はソファに深く腰かけた。加賀谷が洗面所からドライヤーを持ち出して、かたわらのテーブルの上に置いた。彼が手になにかを出している。見ると、ドライヤーの横には、茶色の液体が入った壜《びん》があった。薄青のラベルにはフランス語らしき文字が書いてある。

「なんですか、それ」

逃げ腰の沢渡がたずねると、加賀谷は「ヘアオイルだよ」と言いながら、その液体を手のひらに出していた。

「ドライヤーをかけると、どうしても髪が傷むから、これを少しなじませておこうと思って」

あの指が、髪の中に入ってきて、沢渡を乱す。

「う、うう……？」

ほんとになんだ、これは。くすぐったいのだが、決して不快ではない。ただ、ひどく恥ずかしい。だが、加賀谷はいつもの通りに上機嫌で、「おかゆいところ、ございませんか？」などとふざけている。

なぜ。なぜ。自分一人がこんな拷問を受けているのだ。甘い、うっとりするような、責め苦。

……これは、真実を口にできなかった自分への、戒めなのですか？

「ないです、特には」

そう言った声は小さかった。

低く、ドライヤーの音がしてきて、暖かい風が自分の髪のあいだに吹きつけられてきた。

加賀谷が聞いてきた。

「孝さんって、もしかしてくせっ毛？」

「そうですね。少し、うねってます」

「ああ、だからだね。髪のあいだに水分が残っちゃうんだ。まかせて。ちゃんと、乾かして、つやつやにしてあげるから」

加賀谷が鼻歌を歌っている。

なんだろう、これ。昔のミュージカル映画に使われていた曲だ。これのオルゴールがあった気がする。母が気に入っていた曲。

——それが、私のお気に入り。

自分は、椅子にソファに座って、中庭を向いている。

外が暗くなったせいで、ガラスに自分たちが映っている。まじめな顔で身を硬くしている自分と、呑気に髪を乾かしている加賀谷と。

「はい、終わった」

言われて、肩から力を抜く。

ARROW HEAD
PORCELAIN GLAZE

「あれ……?」

自分から、いい匂いがしている。彼の使ったヘアオイルのものだ。

「これ、グリーン系かな。森の匂い」

「ちょっと珍しいでしょう。ピートモスの香りだよ。森深くにあるコケ混じりの土の匂い」

この匂いは、ドライヤーを片付けている、かたわらのこの男の人からもしている。

「求馬さんと、お揃いですね」

つい、そんな言葉が口をついて出る。彼も言った。

「そうだね。お揃いだね」

浮き立つ気持ちがして、互いに微笑み合った。

「ありがとうございます。気持ちよかったです」

「よかった。またやってあげるね」

「はい」と返事をしようとして、沢渡は、はっとした。完全に、仕事を忘れていた。

いけない、気を引き締めねば。

「これは、未来の奥さまにもやってあげると、喜ばれると思います。そのときには、ぜひ、ヘアオイルは女性向けの香りで!」

そう言ったら、加賀谷は複雑そうな顔で、「あー、うん。そうだね」と言った。

気合いだ。

気合いを入れないと、あっという間にこの人に今まで以上の好意を持ってしまう。

自分は、この人の結婚生活をチェックするという使命を負っているのだ。厳しい目で見ないと。


加賀谷が風呂に入っている間に、沢渡はリビングダイニングを見て回った。

室内はログハウス風だが、家電は最新式だ。床暖房のスイッチがあって、入れると足の裏がほかほかしてきてすぐに切った。

冷蔵庫は見上げるほどに大きかったが、中はあまり入っていない。

アイランド型のキッチンには、鍋まで入りそうな食器洗浄乾燥機が完備されていた。

「求馬さん、遅いなあ」

沢渡はずっと独り暮らしで、それに慣れていたはずなのに、さっそく退屈してきて、風呂場のほうから、話し声がしている。加賀谷がだれかと電話をしているらしい。

そっとドアの隙間から彼の様子を窺うと、まだ髪が濡れているのに、厳しい顔で対応していた。

こんな表情の加賀谷は初めて見た。いつだって加賀谷は上機嫌で、軽やかで、こんな顔をすることがあるなんて、想像したこともなかった。

もしかして、今まで会った人の前では、こんな顔をすることもあったのだろうか。「笑顔でいられる人」という条件は、沢渡が思っている以上に、大切なのではないだろうか。

「だから、言ったはずでしょう。それは、お受けできません。だいたい、私は今、結婚相談所でのお話が進んでいる最中なんです」

相手が、何ごとかを訴えているのが、聞こえてくる。

加賀谷はいらいらしているようだった。

「俺は、正当な加賀谷の後継者です。本家の義務を果たしている以上、いくらあなたでも、いい加減にしないと怒りますよ」

厳しい口調で言うと、彼は電話を切った。出てきた加賀谷は、沢渡とお揃いの水色のパジャマを着ている。

沢渡の様子を見て、察したらしい。

「聞いちゃった？　今の話」

「……盗み聞きするつもりはなかったんですけど」

ついつい、気になってしまって、足が止まってしまった。

「そうだよね。お試し結婚中なんだもんね。気になっちゃうよね」

彼は、怒ることなく、あっさりと言った。

「孝さんには、だいたい見当がついていると思うけど、今話していたのが、昼間話した、ちょっとやっかいな親戚」

「ああ、お見合いを勧められてるっていう……」

「そう。小さいときに世話になったこともあったんで、こじらせたくないんだけど」

強引なところがあるんで、そうも言ってられなくてと、加賀谷はため息をついた。

「親父《おやじ》さんが生きていたら、違ったんだろうけど、こちらが若いから向こうも強気で押してくるんだよね」

そうか。加賀谷もまた、親をすでに亡くしていたんだと、それ以上は追求せずにいると、気がついたのか言った。

「うちの親父さんのことなら、気にしなくても大丈夫だからね。享年九十二歳だったから。大往生だと思うよ」

「九十二歳？」

思っていたよりも、ずっとずっと大往生だったー！

ということは、加賀谷はいったい、お父さんが何歳のときの子どもなのだろう。頭の中で計算していると、ぷくくっと加賀谷が笑った。いつものとおりの、楽しげな笑い方だった。

「あのね、俺は親父さんの養子なんだ。だから、血の繋がりはないんだよ」

「そうだったんですね」

「うん。まあ、いっときは反抗したときもあったんだけど、いい親父さんだったよ。今はそう思う」

お試し婚の二人。だから、沢渡にはわからない。いったい、どこまで彼に踏み込んでいいものか。

どうして、養子になったのか。じつのお父さんとお母さん、そしてもしかしたら兄弟はどこでなにをやっているのか。知りたくてたまらなくなっている。

——変だ。

自分は、仕事以外では、相手にそれほど興味を持つ性格ではないのに。それとも、これは、仕事だから？　そう、きっとそうだ。

「今日は色々と大変だったね。疲れたでしょう？　ゆっくり眠れますように」

彼の手が伸びてきて、頬にふれる。顔が近くなった。

ど、どうしよう。唇にキスとかされたら。

「あの……！」

ちゃんと、断れる。自分は、できる。

決意は立派なのに、沢渡がやっていることと言えば、肩をすくませ、かたく目を閉じていることだけなのだ。

彼の吐息がほほにふれる。

「うわ……——」

だが、加賀谷が唇でふれてきたのは、額《ひたい》だった。

「へ……？」

沢渡は目をあける。加賀谷は、よしよしと頭を撫でてくれていた。

「あ……」

緊張していた自分が、ばからしく思えてくる。

——もう、なんだよー。

「お休み。孝さん。よい夢を」

言われて、身体の力が抜けそうになった。


不思議な人。

いつも機嫌がよくて、穏やかで。でも、そうじゃない一面を初めて見た。そして、それが……ほんの少し、嬉しかった。

「それにしても、すごいなあ」

天蓋付きのベッドなんて、初めてだ。白いレースを掻《か》き分けて、ふかふかのベッドによじのぼる。

「なんか、お姫様になった気分……」

横になって、目を閉じる。今夜の自分は、香りも、パジャマも、加賀谷さんとお揃いだ。

それどころか、食べたものも、飲んだものも同じ。

じんわりと、身体の奥から、あたたかくなる。

彼といると、満ち足りてくる。おいしくておなかいっぱいで、気持ちよくて、あったかくて、くすぐったい。

心がどんどん引き寄せられていく。

——でも、だめなんだからね。なんとか、この気持ちを悟られないよう、そしてできたら、あんまり育てないようにせねば。

平常心、平常心。

客観的に考えよう。

加賀谷さんは、「お試し結婚チェック」って言い出して、ぼくを助けてくれたんだよね。太陽みたいな人だから。きっと誰にでも優しい。

「でも、加賀谷さん」

うとうとしながら、沢渡はつぶやいていた。

「これだけ家事ができて、優秀なんだもの。今すぐにでも、結婚できると思いますよ」

加賀谷さんを笑顔にしてくれる人なんて、いっぱいいますよ。こんなにかっこよくて優しくて料理が上手で、寛大で……。

中庭の葉擦れの気配が、漂ってくる。

この中庭は、どこか、加賀谷さんみたいだ。

いつも穏やかで、いい匂いがして、見守ってくれている。そんな、気がする。

中庭の木立の影、金色の目が光る。

加賀谷は身を低くして、そこに向かって話を始める。

「ねえ、しろさん。なんと、沢渡さんがうちにいるんだよ。すごいでしょ。俺のお嫁さんなの」

しろさんが飛び上がる。

「びっくりしないで。ほんとじゃないから。『ごっこ』だからね。俺、明日の朝は、和食にしようと思うんだ。何時頃、起きてくるかな。沢渡さん、朝に弱そうだもんなあ」

ふふっと笑う。

「え、楽しそう? そうかな。そうかもしれない。なんだか、ずっと浮き浮きしてるんだよね。これって、なんなんだろうな。沢渡さんに会っているときにだけ、感じるものなんだけど」

加賀谷は沢渡が眠っている部屋を見る。目を細めて、微笑む。そして、「おやすみ」と言った。

沢渡《さわたり》は、白い雲に寝そべっていた。ふかふかのその雲は、わずかに身動きするたびに、沢渡の身体《からだ》を優しく受け止めてくれる。沢渡はそこで、起き上がろうとした。だが、そうしようとすると、よけいに沈んでしまう。

雲の中にもぐってしまって、沢渡はあせった。

「えー、なに、これ」

上に。上に行かなくちゃ。雲の中を、必死になって、沢渡は泳ごうとした。……ところで、目が覚めた。

「ん？」

スマホのアラームが、朝の訪れを告げている。それをぼうっとした頭でほとんど条件反射で止めると、沢渡はもう一度、雲の波間に身を沈めた。そこで、気がついた。

「ちょっと待った！」

今、自分が寝ているこのベッドは何？

「雲？　すごい、ふかふか」

先ほどまで見ていた夢はこのせいだったのかと納得する。それほどに、柔らかい。

頭をめぐらすとベッドはレースの幕で覆われていて、それを透かし見ると、部屋に明るい朝の光が差し込んでいるのがわかった。

ここは……ここは、いったい？

「ホテルのエグゼクティブルーム？」

そう言ったあとで、つい最近、同じことを口にしたのを思いだした。

ああ、そうだ。ここは加賀谷《かがや》さんのおうちなんだ。

今日は休日なので、アラームの時間を遅めにしてある。

もしかして、寝過ごしたのではないだろうか。

お試し結婚なのに、片方にばかり負担をかけるのはよろしくない。ベッドの端まで、泳ぐように進んでいって、レースの幕を持ち上げると、床に足を下ろそうとした。が、パジャマの裾を見事に踏んづけて、つんのめった。

「あ、あ、あ、あ」

もう片方の足を前に出して、かろうじて、転ぶことを回避する。

「はー」

あらためて、室内を見回す。

「すごい部屋……」

高級住宅街の中にあるとは思えないほどに、室内は静かだった。窓近くまで寄ると、中庭の木々の向こうに東京タワーが見えた。

沢渡は、そっと、窓をあけた。緑の香りが飛び込んでくる。それは、自分の髪が纏《まと》っているグリーンの香りに少し似ていた。

息を吸って吐く。

「……？」

沢渡は鼻をヒクヒクと動かした。

すごく、いい匂《にお》いがしていた。おいしい、ちゃんとだしをとって、手作りの味噌《みそ》を溶いた味噌汁の匂いだ。

「ああ、いい匂い……」

そのまま、足を下ろそうとして、自分が裸足《はだし》であることに気がついた。それに、加賀谷から中庭には出ないように言われている。

なにせ、ヒョウ並みに大きな猫が、この中庭には放し飼いにされているのだ。

パジャマから、コットンパンツとシャツに着替えて、沢渡はリビングダイニングに行った。

そこでは、加賀谷がキッチンに立っていた。黒のギャルソンエプロン姿が似合っている。彼は笑って沢渡を出迎える。

「おはよう。孝《たかし》さん」

「おはようございます。求馬《もとめ》さん、早起きなんですね」

「うん。だいたい、日の出といっしょかな」

「え、ええええー？」

思っていた三十倍は早起きだった。

その頃に自分はなにをしていただろう。おそらくは、ベッドの中で雲の上の夢を見ながら、寝こけていたのに違いない。

思わず、その場に平伏して、「寝坊してごめんなさい」と謝りたくなる。だが、約束したのだ、むやみに謝ったりしないことを。

「明日は、もっと早く起きるようにします」とだけ、口にした。

「ああ、孝さん、気にしないで。うちの庭に、代々、大切にしているほこらがあるんだ。それを掃除するのは、当主である俺のお役目だからね」

「そういえば、神主さんみたいなことが本業って言ってましたもんね」

彼に神主の服を着せてみる。なんというのか知らないが、先端にふりふりした紙をつけた棒を手にした、装束姿の加賀谷を想像する。似合いすぎる。

「うん。そのために、俺は子どものときから、あまり気持ちを乱さないようにって、教育もされてるんだ。まあ、元の性格が割とやんちゃなんで、それでちょうどいい感じかな」

「そんな、そんな」

この人はなにを言っているんだろうか。

「ぼく、求馬さんほど穏和な人に会ったこと、ないですよ?」

「それは、嬉《うれ》しいことを言ってくれるね」

加賀谷は、そう言って笑ってくれた。

「それはきっと、孝さんといるせいだよ」

ミスター・サンシャインが、その光のごとく甘い言葉を振りかけてくれる。揺れない。こんなことぐらいじゃ、揺れないんだから。

「ぼくなんて、たいしたことできてないですよ」

加賀谷が、自分にしてくれたことは、たくさんある。水浸しの家から連れ出して、天蓋《てんがい》付きのベッドとおいしいごはんとパジャマを与えてくれたこと。髪を乾かして、いい匂いにしてくれたこと。

反して、自分が彼にしてあげたことってなんだろう。何かあったんだろうか。

「――おにぎりを作っていったこと、ぐらい？」

たまらないというように、加賀谷は笑い出した。そうだ、いつもこうやって彼は笑っている。ご機嫌でいてくれる。

「いいなあ、孝さんはやっぱり、すごくいい。あなたは、いつだって、真剣に仕事をしてるじゃない？」

「それは、仕事だから、当たり前のことです」

「その、当たり前のことを、日々コツコツできるところが、孝さんの偉いところでしょ。俺は、そういう孝さんを見るのが、好きだったんだよね。他人のために、がんばっている孝さんを見ると、すがすがしい気持ちになるんだ。そう、ちょうどここの中庭の森が、雨にあたっているときみたいにね」

おおげさだなあと沢渡は思う。でも、褒めてもらって嬉しくないと言ったら、それは嘘だ。嬉しいに決まっている。

――がんばりますからね。あなたの、よき家庭人としての幸福のために。そして、マリッジ・アドバイザーとしての己のプライドのために。

「今朝は、和食にしてみたんだよ。孝さんは好き嫌いがないから、いろいろとはかどるよね」

「なるほど」

そう、それは食事は重要だ。

沢渡は心のメモにそっと「加賀谷さんの相手の条件・食べることが好きで、好き嫌いがない人」と付け加えた。

加賀谷が沢渡のために、椅子《いす》を引いてくれた。

今朝の食事は湯気を立てているご飯。厚めの塩ジャケにだし巻き卵、キュウリの浅漬け。それに三つ葉と豆腐の味噌汁がついている。明太子が「さあどうぞ」とばかりに、ふんだんに並べられている。

「なんて、贅沢……」

味噌汁を、まずは一口。

「おいしいー!」

「そんなに？」

「ぼく、お味噌汁、好きなんです。だしが染み渡ります！」

「だったら、毎朝、きみのために味噌汁を作ってあげるよ」

……うっわー！　すごい。ぼこぼこと甘い言葉が降り注いでくる。この言葉、味噌汁好きにとっては、たまらない。

沢渡は親指を立てた。

「求馬さん、今の、いいです。きっと、いいプロポーズになります」

「え、え？　あ……？」

加賀谷は盛大に戸惑っている。

「洋食派の女性だったら、だめかもしれないですけど、逆に和食派の女性だったら、ぐっとくること間違いなしです」

「あー、うん。ありがとう……？」

加賀谷はどうしたことか、複雑そうな顔をしている。

「ああー、夢みたいな朝ごはん！」

ほかほかご飯に塩ジャケのおいしさに感動していると、加賀谷が半分あきれたように、でも、楽しそうに言ってきた。

「そんな、大仰《おおぎょう》なものじゃないでしょう？」

「なにを言ってるんですか。ぼくのいつもの朝食と言えば、ゼリー飲料か、せいぜいシリアルです。しかも、牛乳を買っておいてもだめにしちゃうから、ないんです」

「牛乳なしで、どうやって食べるの？」

「そのままバリバリ食べるんですよ」

「そんなのを食べてたの……？　まあ、俺も、一人なら、朝はもっと適当になるけど。ちゃんと食べなよ？」

「善処します」

「でもさ、ほんとの贅沢って言ったら、あれじゃないかな」

にやりと、彼は笑った。

「ねえ、孝さん。じつはね、北海道産イクラの醬油《しょうゆ》漬けが……冷凍庫にあるんだよね……」

「おおおお！」

白いご飯に朱色のイクラ。

「今日から解凍しておいたら、明日の朝には食べられるんじゃないかな」

「ああああっ！」

おいしい塩ジャケを口に入れつつ、さらに食欲をつのらすという、珍しい経験をしながら、彼の次の言葉を待つ。

「あれも、いけるんだよね。牛肉のしぐれ煮」

「ふううぅっ！」

ふふふと彼は笑う。

「でも、孝さんの作ってくれた、天かすの入ったおにぎりもおいしかったよね。あれの上位版を作ってみたくなるね」

「それって、どんなのですか？」

「天かすにそばつゆまでは同じだけど、小ネギを混ぜて、さらにせん切りの紫蘇《しそ》をふって、ごまを混ぜる。それで、だしをかけて、天茶ふうにするのはどうかな？」

「ああ、おいしそう！」

「二人だから、順番に食べようね」

「楽しみですー！」

はっと、我に返る。

それでいいのか？

だめだろう。

「家事はぼくにも分担させて下さい」

そう、加賀谷に対して申告してみた。加賀谷は、予想したように、いや、それよりももっと、すごく喜んでくれた。

「えー、ほんと？　じゃあ、今日のお昼から、やる？　いっしょに作る？」

「ほかにも、できることがあれば、お手伝いしますが」

沢渡はうつむきつつ、手を上げた。

「まことに残念なお知らせなんですが。ぼく、不器用です」

「大丈夫。食事は二人で作れば、きっと楽しいよ。それに、すごい失敗したときでも、あとから、笑えるからね。そのほかの家事は、孝さんの負担にならない程度に、おいおい考えていこう」

「そ、そうですね……」

失敗も楽しいなんて、言えてしまう。こういうところが「若」たるゆえんなんだろうな。大物感、はんぱない。

「孝さんがどんなことをしてくれるのか、楽しみにしてる」

「もう、求馬さんは。いくらなんでも、そこまでじゃないですよ。……たぶん」

そして、心のメモに「家事を、やる姿勢をみせられる人」と書き加える。

朝食の後片付けも、ほんのちょっとだけ、手伝った。と言っても、食べ終わった皿や茶碗をトレイにのせてキッチンまで運んで加賀谷に渡す、じつに簡単なお仕事だ。シンク下に大きくスペースをさいて設置されたビルトインの食洗機にすべて入れたあと、加賀谷はスイッチを押す。

「これで、あとは、乾いた食器をしまうだけ」

「便利ですね」

「そうなんだよ」

思いがけず、力強い返事が来た。

「俺としては、キッチンのリフォームをするなら、ぜひとも導入して欲しいんだけどね」

「共働きの人とか、いいですもんね」

「それだけじゃない」

加賀谷は、急に生き生きと語り出した。

「今はタンク式のがあるじゃない？　あれも、ないよりははるかに便利なんだけど、やっぱり、使うときに水をいちいち入れるのが面倒だなって思うようになるんだよね。最終的には、鍋も洗いたいってなる。たしかに水道料金や電気料金は少しあがるかもだけど、食後のほっとできる時間が手に入るなら、安いもんだと思うんだけど」

うーんと腕組みをして、彼はうなる。

「どうしてかなあ。手で洗ったほうが水道代がかからないとしても、洗濯機を買わない人はいないと思うんだけど」

この人が、こんなに熱心に仕事のことを語るなんて、初めて見た。びっくりしていると、加賀谷が我に返った。

「あ、ごめん。仕事のことになると、ついつい、話が長くなっちゃうんだ。それも、俺が婚活相手から断られる原因なんだよね」

「そうなんだ……。ぼくは、いいと思うんだけどな……」

でも、いくら沢渡がいいと思ったところで、どうにもなるものではない。

加賀谷のお相手が、彼のことを気に入ってくれないと、どうにもならないのだ。

できたら、その、彼の仕事好きなところまで含めて、愛してあげられる人であれば、一番いいのになあ。

沢渡は心のメモに「仕事に理解がある人」と付け加えた。

「服は全部、洗濯機にかけていいかな。クリーニングに出したほうがいいのはある？」

「ないです」

沢渡は手を上げた。

「洗濯物を干すの、やります」

そのぐらいなら、できる。やりたい。

彼はしばらく考えていたが、「じゃあ、お願いしようかな」と言った。

「ここの廊下を行って、突き当たりのドアを出ると、そこが中庭へのアプローチになってて、煉瓦《れんが》敷きになってる。そこに洗濯物が干せるんだ。ただし、そこから中庭、土のあるところには足を踏み入れないでね」

「わかっています。しろさんの領域なんですよね」

そこまで言って、はっと気がついた。

「あの。しろさん、襲ってこないですよね……？」

「え？」

たいへんに気性が荒いらしい、ヒョウのように大きな猫に襲われたら、ただでは済まない気がする。相手は鋭い爪《つめ》と尖《とが》った牙《きば》を持っているのだ。加えて、敏捷《びんしょう》で、木にだって、塀にだって登れる。そんな相手と戦って、勝てるわけがない。

「ぶっふ！」

とても、目の前のイケメンから発せられたとは思えない声が響いた。

「え？」

それが、彼からだと確信したのは、「いけない」というように、口元を押さえていたからだった。

なぜ。そのように、笑っているのですか。ぼくはそれほどに、変なことを言いましたか。

恨みがましい目で見ていると、まだ口元に手をやったまま、彼は言った。

「うん、それは大丈夫だから。俺から、しろさんには話をつけておくから」

話をつけておく……？

「賢い猫ちゃんなんですね」

「うっ……」

加賀谷はまだ笑っている。

でも、猫ってそんなに聞き分けがよかっただろうか。昔、ばあちゃんが飼っていた猫は、勝手にそこらをうろついているばかりで、自分の近くに寄ってくることさえなかった気がする。

――いや、違うな。

甘えてきたことは、あるにはあったけれど、それは試験勉強をしていたり、宿題をしていたり、はたまた楽しみにしていたテレビドラマの最終回を見ているときだったり、とにかく、こちらが忙しいときを狙って「かまえ」と要求してくる困り者だった。

――まあ、あれだ。加賀谷さんのところの猫ちゃんだ。血統書付きの猫なんだろうし、もしかして、自分が知っている猫なんて及びもつかないほど賢いのに違いない。たぶん。

ここまで考えて、沢渡は加賀谷に頭を下げた。

「しろさんへのとりなしを、よろしくお願いします」

「うん、まかせておいて」

加賀谷はまた肩を震わせていたが、気にしないことにした。

というわけで、洗濯物が終わったあとに、おじいさんは山へ芝刈りに、おばあさんは川へ洗濯に、というわけではなくて、加賀谷はしろさんとの交渉のために中庭に行き、沢渡は洗濯物を干すために煉瓦敷きの手前で待機していた。

「大丈夫だったよー」

そう報告しながら、加賀谷が指でＯＫの形を作ってくれた。

お昼ごはんはどうしようかと話し合った末、朝がごはんだったし、パンにしようということになった。

「ここの一階に、ドイツで修業したパン屋さんが入ってるんだ。日本のふんわりしたパン、メロンパンとか、あんパンとかもいいけれど、これがドイツ系の、完璧《かんぺき》に食事としてのパンなんだよ。ハードで一見そっけない、だけど、おにぎりみたいに味わいのあるパンなんだ。おいしいよ」

「あー、それは、食べてみたいですね」

ハードでそっけなくて味わいがあるって、どんなんだろう。朝ごはんをたらふく食べたのに、よだれがこぼれそうになる。そんな沢渡の表情を見ていた加賀谷が、笑い出す。

「こんどは、なんですか？」

「ううん。いいなって思っただけだよ。孝さんは、食べ物の話をすると、必ずのってくれるじゃない？　それがいいなって思ったんだ」

「それは、ぼくが、食いしん坊ってことですか？」

加賀谷が沢渡の頭を撫《な》でてくる。よしよしとされると、反射的にほわわわんとしてしまう。

……ああ、ぼくの頭ってば。撫でられたり、髪を乾かしてもらったり。そのせいで、加賀谷さんに懐きすぎでしょう！

しっかり。仕事を、しっかり！

「褒めてるんだよ。それって、すごくいいことだよ。食べに行っても、あれが嫌いこれがだめって言われると、味の幅が狭くなっちゃうからね」

「そういえば、あんまりそういうの、ないですね。エスニックもわりと平気だし」

ぱっと、加賀谷の顔が輝いた。

「おお、それは、うれしいね。なんでか、男だと、エスニックは苦手な人が多いんだけど、俺はけっこう好きなんだ。今度、挽肉《ひきにく》とレタスのナンプラーサラダを作ってあげるよ。ニンニクは大丈夫？」

「ニンニク、平気です。ましましでお願いします。ああ、なんか、おいしそう」

ほんとに、加賀谷さんといると、しょっちゅう、よだれがこぼれそうになる。あの、節のある手で作ってくれる料理が、おいしすぎるのがいけないのだ。

自分もにやにやしながら、彼の作ってくれる、おいしいタイ風サラダを夢想する。はっ、そうだ。ちゃんと、心のメモにとっておかなくては。「エスニックが大丈夫な人」。よし。これでよし。

うん、ちゃんと仕事をしていますよ。

マンションの一階に下りると、そこには、個人店が十店舗ほど入っていた。高窓から採光されているので、店内は明るい。

生鮮食料品が主で、生花店や惣菜《そうざい》の店もある。ひっきりなしに人が来て買い物をしている。

「ここの店は、どれも新鮮だし、おいしいよ。俺のお墨付き。近所のレストランや大使館の厨房からも注文がくるくらいだからね」

そう、加賀谷が言うくらいだから、相当なのだろう。

「昨日の肉も今朝の魚もおいしかったです」

「よかった。あれも、ここで買ったんだよ。あらかじめ、言っておけば、融通してくれるから、孝さんも贔屓《ひいき》にしてくれると嬉しいな」

そう言う加賀谷は、ニコニコしている。ここの商店が好きなんだなあと、沢渡は自分まで嬉しくなってきた。

どこの店でも、加賀谷は気さくに話しかけられる。

「いらっしゃいませ、若。いい戻り鰹が入ってますよ。漬けにぴったりのカンパチもあります」

「若、国産ミスジのいいとこ、とってありますから」

「おや、若。ご友人連れとは珍しい。せっかくですから、お花でもいかがです?」

ここでも加賀谷は『若』呼びなんだと妙な感心をしていたが、「ああ、この人は沢渡孝さん。うちのお客になっているんで、よろしくね」と返している。それを受けた店員たちは、「へえええええ」と驚嘆の視線を、沢渡に向けてきた。

「客人ですか」

「若の部屋に」

「ご親族でさえ、あの部屋には入らせないのに」

え、なに？　この視線はいったいなにごとなの？

「加賀谷さん……」

そう呼びかけると、彼は、振り向いてきた。微笑みつつ、「違うよね」と言ってくる。

「俺の名前を呼ぶときには、そうじゃないでしょう？」

はい？

「ええーっ？　お試しって、室内だけじゃないんですか」

「だめだめ。孝さんは、いったん呼び方を改めると、際限なく元に戻っちゃいそうだからね」

でも、でも。

「は、恥ずかしいんですけど。だれかに聞こえたら……――なんか、こう、恋人、とか思われたら困るじゃないですか」

「そんなの、気にすることないよ」

一瞬、思ってしまった。もしかして、ゲイとまでは言わないまでも、加賀谷が男もいけて、だから、気にしないのだとか、自分のことをそう考えているとかそういう可能性を、見てしまった。否定してもだめだった。

そうなったら、困るのは自分のほうなのに。彼との『お試し結婚チェック』という大義名分がなかったら、ここにいられるはずもない自分なのに。

「友人なら、名前で呼び合うことだってふつうにありますって。そんな誤解をされるわけないですから」

誤解。誤解か。その通りだな。

いや、大丈夫だから。ショックとかそういうのは、ないから。ただ、そうなんだって思っただけだから。うん、平気。

甘い言葉を、惜しげもなくくれるけれど、それはだれにでも優しいから。

ミスター・サンシャインは、慈雨みたいにみんなに愛情を注いでくれる。自分だけじゃない。だけど、愛に飢えた自分は、それを勝手にいいように解釈してしまう。そんな夢を見たってだめなんだから。そう何度も言い聞かせても、自分の身体は止めるより早く、勝手にときめいて、勝手に温度を上げて、勝手に好きになっていく。

「ですね」

ほんと。ままならない。

八百屋で加賀谷が話しかけてきた。

「孝さんは今、どんな気分？」

ハッとする。

「どんな気分って言われても……」

口ごもっていると、「今夜、なににする？　和食？　洋食？　それとも、中華？　エスニック？」と、重ねて聞かれた。

「あ、ああ。そういう……」

自分の心のぐずつきに、気づかれたのかとひやりとした。だが、そういうことではなかったのだ。

「夕ごはんのことですね」

「うん。なにが食べたい？」

胸のモヤモヤはそのままにして、おなかに手を当てて、考える。

「昼にパンなんだったら、夜には和食がいいです」

「お刺身とか？　カンパチのいいのがあるってさっき言ってた。昨日の大吟醸がまだあるよ」

「いいですねえ……」

昨日の美酒の味わいを思い出して、沢渡の目は潤《うる》む。

「それじゃ、決まりだね」

パン屋さんはこっちだからと連れて行かれた。三店舗分をぶちぬいている、広めの店舗なのだが、それでも中には人が多い。

パンを並べていた女性が、加賀谷を見て慌てたように奥に人を呼びに行く。

「店長、若がいらっしゃいました」

加賀谷は軽く会釈をしただけで、店の説明をする。

「ここのパンは発酵バターを使ってるんだよ。とってもおいしいんだけど、十年前に開店したときには、えらい騒ぎになったんだ」

そう言って、加賀谷は顔を曇らせた。

いったい、このいつも陽気で笑っている人に、こんな顔をさせるなにごとがあったのかと身構えていると、彼は意外なことを言った。

「ここのパンが、あんまりおいしいんで、周辺のパン屋が全部潰れちゃったんだよね。あのときは凄かったなあ。俺たちは、ここのパン屋のことを『魔王の城』って呼んでたよ」

「魔王」

なんというネーミング。

奥から出てきた、白衣に小麦粉をつけた人が、おそらくその『魔王』に違いない。彼は、苦笑いしながら加賀谷に言った。

「若。そんな、『魔王』だなんて、人聞きの悪い」

魔王と言うには、あまりに人のよさそうなその人は、立派な腹をしていた。加賀谷は取り下げようとしない。

「だって、ほんとのことじゃないか。あのときは、たいへんだったんだよ。潰れたパン屋さんには泣きつかれるし、ここのパン目当てに朝から人が押しかけて、大混雑するし」

「そのせつは、若にはたいへんご迷惑をおかけしました」

そう言って、『魔王』は身をこごめてお辞儀をした。

「大混雑……？」

沢渡は周囲を見回す。このパン屋は、この中途半端な時間にしては人がいるが、大混雑というほどではない。

「いやあ、あのときは助かりました」

「求馬さん、なにをしたんですか？」

「ここらの近隣のパン屋を買い取り、希望者を募ってうちで修業させて、支店にしたんだよ」

パン屋の店長が教えてくれた。

「結果、近所のパン屋さんは失業しなくて済んだし、うちのマンションの混雑は緩和するし、いいことずくめでしょ？」

「いやあ、若にはびっくりだよね」

『魔王』のパン屋は、豪快に笑った。

さんざん悩んだ末、プレッツェルとライ麦パンのサンドイッチとくるみとチーズのパンにした。中庭に面したリビングダイニングで、加賀谷がトマトスープを作るのを手伝う。とは言っても、言われるがままにニンニクを炒めて、野菜を入れただけだ。それから、「味を見てみて下さい」と促され、味見をしただけだ。

「あ、おいしいです」

「よかった。決め手は、トリュフ入りのオリーブオイルです」

そんな、高級なオリーブオイルがあるのかと沢渡は感動する。

魔王のパンは、加賀谷が言うようにおにぎりに似た味わいがあって、沢渡はおおいに満足したのだった。

やだなあ。

こんなのに慣れたら、つらいのになあ。なくなったときに、えぐられるみたいになるのになあ。

いったい、いつまでこれは続くんだろう。

「求馬さん」

あらかた食べたところで、沢渡は言い出した。

「休み明けぐらいには、ぼく、帰りたいんですけど、工事の進捗《しんちょく》はどうでしょう」

片付けようと立ち上がりかけた加賀谷の動作が止まった。それから、彼はゆっくりと座り直す。

「あとで、話そうと思ってたんだけど……」

この顔は、きっとまずいことなのだと見当をつける。

「管理会社とうちの協力会社で話し合って、大至急、沢渡さんの部屋の水道管修理をしてるんだけど、洗面所と廊下の一部は、床の張り替えをしなくちゃいけなくて……お金は保険から下りるんだけど……」

「そんな。けっこうな時間がかかってしまうんじゃないですか」

「突然のことなので、うちのほうも仕事の合間にやることになるから、ざっと、一ヶ月はかかるかな」

「一ヶ月……」
二、三日だと思ったから、お試し結婚を了承したのだ。一ヶ月なんて、話が違う。
ここを出て行ったほうがいい。

加賀谷に失礼のないように、どう言い出そうかと迷う。だが、こちらが口を開くより早く、加賀谷が言った。

「よかった。一ヶ月あれば、俺の結婚チェックが、より詳しくできるよね」

「そんなにお世話になるわけには、いかないです」

それは表向きの理由だ。

真の理由は、決して口にはできない。

あなたを好きになりそうだから、いやだなんて。

それを口にしたら、今までの、そして、これからの二人の穏便な関係が台無しになってしまう。

けれど、加賀谷は言った。

「沢渡さんは、家庭の匂いがするんだ」

「家庭……?」

「うん。沢渡さんといると、家族ってこういうものなのかなって思うんだ。あなたといると、生活のすべてが輝いて感じられる。こんなに愉快だったのは、初めてなんだ。お願いだから、いて欲しい。出て行くなんて、言わないで欲しい」

ず、ずるい。

今までのミスター・サンシャインから、こんなふうに翳《かげ》りのある顔を見せられるなんて、反則だろう。

罪悪感がチクチクとこの胸を苛《さいな》んでいる。

彼は、静かにこちらを見ていた。

このまま、ここに一ヶ月もいたら。ますます、別れるときにつらくなる。この人にとっては、家庭の味のする同居人かもしれないけど、自分は、いっそうこの人のことを心に入れてしまう。

そして、日々は生殺しだ。生き地獄だ。優しくて甘くて楽しい言葉に有頂天になる心と、なんとかそれを引き戻そうとする理性の繰り返しだ。

同時に、わけのわからない考えが、泡のように浮かんで消える。

……でも、つらいのは、加賀谷さんじゃない。自分だ。こちらだけだ。

加賀谷さんは、沢渡に愛を降り注ぎ、家族ごっこをしてその片鱗《へんりん》を味わい、ご満悦だろう。

自分が、この甘い拷問を我慢すれば、済むことだ。

「それに、さっき、イクラの醬油漬けを解凍したんだよね」

正直言って、最後の一歩を押したのは、この一言だった。

「そ、それは……」

ばかばか、なんて情けないぼく。でもでも、だって。最近、食べたイクラって回るお寿司のやつだ。それも、ちょっぴり。

加賀谷さんのおうちのイクラだったら、それはおいしいのに違いない。それがたっぷりと、真っ白いほかほかご飯の上にかかっている……——

「うう、ずるいー……」

加賀谷は余裕の微笑《ほほえ》みだ。たった一晩の間に、自分の弱点をしっかりと押さえられている気がする。

イクラのせごはんの誘惑は、すさまじい。

「さきほど、肉屋でいい牛肉のはしっこを買ったんだ。牛肉のしぐれ煮を作ろうかなって」

「牛肉のしぐれ煮ー！」

いけない。もう、限界だった。自分で白旗を揚げた。

「加賀谷さん、ぼく、お世話になってもいいですか」

「はい、喜んで！　楽しい一ヶ月になりそうです！」

「そうですね！」

ぐっと、沢渡は拳《こぶし》を固く握った。

「ちゃんと仕事はしますから！　仕事ですからね！」

沢渡の迫力に押されたように、加賀谷は身を引いたが、次にはまた笑うのだ。

「そうですね。孝さんは、お客さんのために身を削って仕事をする、すてきな人ですね」

そして、その手を伸ばしてきたので、飼い慣らされている自分の身体は、ついつい、彼が撫でやすいように、頭を前に傾けてしまった。

ああ、理性が拒否するより先に、身体がー。

だって、しょうがないじゃない。加賀谷さんは気持ちいいんだよ。おいしいものを目の前に出されたときに、お腹が鳴るみたいに、どうしようもないことじゃない？

そんな、千々《ちぢ》に乱れる沢渡の気持ちなどかまいもしないように、加賀谷は、いつもより優しく、髪の一本一本を確かめるみたいにていねいに撫でてくれたのだった。


夕食のときに、沢渡は加賀谷に聞いてみた。

「求馬さんのお仕事は、メインは不動産業なんですよね？」

「うーん、そうだね。収入順に考えると、そうなるかな」

うん？

収入順に考えれば？　ということは、加賀谷さんはそう考えてはいないのかな？

「あ、じゃあ、本業はリフォームのほうですか」

いやいやと彼は手を振る。

「あれこそ、大家業務のついでが、いつのまにか、仕事になっちゃったの」

「へえ……？」

加賀谷に言わせると、都内に十数軒のマンションを所有しており、父親から受け継いだ当初は、ほかの不動産会社がそうするように、管理は専門の業者に外注していた。

「でも、そうすると、どうしても、すぐに駆けつけるわけにはいかないでしょ。こまめなメンテナンスもできないし、なによりもマージンが入るから高くなるし」

なので、自分でメンテナンス用の管理会社を立ち上げた。

「とは言っても、自分でできるわけがないからね。だから、知り合いのつてを頼って、腕のいい業者さんを探して、頼み込んで、協力会社になってもらった」

水道設備、ガラス、建具、外壁工事、内装などの会社と提携して、指示を出すし、ときには自分が直接向かう。

こまめにメンテナンスをする。さらには、店子《たなこ》の要望にこたえてリフォームする。

加賀谷の所有しているマンションは、住み心地がいいと評判で、おかげで、不動産業者を介さなくても、次の予約でいっぱいだという。

「求馬さんって、そういうところ、ありますよね」

「ん？　そういうところって？」

「自分がお金を稼《かせ》ぐよりも、ほかの人たちと共栄していくほうを選ぶところ」

「んー。それは、加賀谷の当主教育の賜物《たまもの》かなあ。加賀谷の家は、ここらへんが村だったときからの地主だからね。代々、私利私欲に走るより、住む人との共生をはかれって言われてるから。でもね」

加賀谷は言った。

「俺は別に聖人君子のつもりはないよ。結局そのほうが自分も得なんだよね。自分一人でお金を持っていても、なんにもならないでしょう？」

――だけど、たいていの人は、自分一人が得をするほうを選ぶんですよ。

そう思いつつ、心の中のメモに「必須！　自分だけの稼ぎよりも、周囲を考えることに理解ある人」と付け加える。

「工務店さんにも、定期的に仕事が入るって、喜んでもらえたんだ。俺も現場仕事に出させてもらったおかげで、かなり使えるようになったしね。ちょっとしたアクシデントだったら、対応できる」

そう彼は胸を張った。

「そうですよね。求馬さんの手は、働いている人の手ですもんね」

「うん」

そうでしょうというように、彼はその手を広げて、沢渡に見せくれた。節の目立つ、働き者の手。

心のメモに「加賀谷さんの手が好きな人」と付け加える。

加賀谷は笑う。

「だから、ついつい、交際のデート中でも連絡が来たら、駆けつけちゃうんだよね。場合によっては店子さんが大きな被害を受けることになるのが、目に見えているから」

「……マリッジ・アドバイザーとしては、いさめるところですが、一店子としては、めちゃくちゃわかりますし、ありがたいです」

沢渡は、自分の家の惨状を思い出す。あそこの賃貸マンションは、管理料金をちゃっかり徴収しているくせに、管理人は常駐しておらず、今回だって結局駆けつけてくれて修理してくれたのは、加賀谷の頼んだ会社だった。

「間取りとか、築年数は数字で出るけど、大家の管理能力は数字にならないから、省いちゃう人も多いんだよね。ほんとうはそれが一番、大切だと思うんだけど。家というのは、入居したら終わりじゃなくて、ずっと使っていくものだし、ときにはトラブルが起こったり、変更を余儀なくされたりするものだと思うから」

うん、わかる。

「それって、結婚生活と似てますね。ずっといっしょにいるためには、ときにはトラブルもあるし、軌道を修正しなくちゃいけないときもあるじゃないですか」

「孝さん、うまいこと言うね」

にこにこと、加賀谷は沢渡の髪を撫でてくれる。なにかというと、すぐに彼の指は自分の髪に絡《から》んでくる。そして、それがまったくもっていやではない。

沢渡は、改めて思う。加賀谷の相手には、こういう、仕事熱心なところに理解があって欲しい。そういう加賀谷を好ましく思っているから。

夜も更けた。

沢渡はもうきっと眠ってしまっているだろう。加賀谷は一人、中庭に出る。そして、奥に行く。かがみこむと、彼は「しろさん」と話しかける。

「沢渡さんにね、いつもにこにこしているって言われたよ」

返答があったらしく、加賀谷は苦笑する。

「そうだよね。沢渡さんはわかってないんだよ。ムッとすることだって、うわべだけで笑うことだってあるよ。ただね、沢渡さんといるときには、違うんだよ。いつだって楽しいし、本気で笑ってる」

加賀谷は空を見上げた。

「俺って、お月様みたいだね。お日様のほうを向いているときには、いつだって満月じゃない？　俺も、そういう感じなんだよね」

はあとため息をつく。

「なんとか一ヶ月、いっしょにいてもらえることになったんだ。嬉しいはずなのに、たったそれだけしかないんだって、切ない気持ちだよ。なに、しろさん、笑わないでよ。俺は本気でそう思っているんだから。ああ、ずっと、沢渡さんがここにいてくれたらいいのになあ。そうしたら、俺はきっと、ずっと笑って過ごしていけるのになあ」

お試し結婚生活も三日目になった。

「孝さん、今日から、出勤だね」

朝ごはんのときに、加賀谷がそう言った。沢渡はそのとき、イクラご飯を口いっぱいに頰《ほお》張《ば》っていたので、ちゃんと飲み込んでから、返事をした。

「はい、そうです」

「いつもと経路が違うから、早めに出勤したほうがいいんじゃない？　それとも、俺が車で送っていこうか？」

この人はまったく。甘やかすにもほどがある。

「お気持ちはありがたいですけど、ここらへんだと、車のほうが時間がかかると思いますよ」

「それは、そうだけど……」

……ほんとに、この人は自分を甘やかすのが好きだなあ。

いっそ、加賀谷のペットだったら、悩まなくてもいいのに。

「求馬さん。ぼく、今日は、会社まで歩いていってみようと思っているんですよ。お天気もいいですしね」

これは、ゆうべ、検索して気がついたのだが、ここの家から会社までは、徒歩だとほとんど一直線に歩けるのだ。

「歩きですか？　いいですね」

「多少の坂があることを考慮しても、三十分程度だと思うんですよね。デスクワークだと運動不足になりがちだし、ちょうどいいと思うんです」

家を出ようとしたときに、加賀谷が「今日一日、孝さんが元気でいいことばっかりありますように」そう言って、額にキスをしてくれた。

……う。

それを、当たり前のように受けている自分がこわい。

「それから、お弁当です」と加賀谷がカラフルな包みを渡してくれた。

「お弁当！」

お料理上手な加賀谷さんの、お弁当。

「これ、朝ごはんの前に、作ってくださったんですよね」

申し訳ないと思いつつも、めちゃくちゃテンションがあがってしまった。

「孝さん、謝るのは、なしだからね？」

加賀谷さんが、とっても魅力的に微笑んでくれている。

「あ、はい。お昼が、すごく楽しみです。ありがとうございます！」

浮かれた気分で、エレベーターに乗りマンションから出たそのときに、今まで感じたことがない気持ちになった。ここから、自分は一人なんだと、もう、加賀谷はいないのだという、そんな気持ちだ。

——どうして？

まったくもって、どうしてこんな心細い気持ちになるのだろうか。

長いこと、独り暮らしをしていて、恋人もできなくて、そのときには、こんなことを思わなかったのに。


会社まで、二十六分で到着した。

環境が変わったので、仕事に差し障りが出るかと思ったのだが、まったくそんなことはなかった。

むしろ、ゆったりとしたベッドで眠り、栄養たっぷりの食事をとり、ストレスとは無縁の休日を過ごしたおかげか、午前中、気持ちいいくらいに仕事が進んだ。

ちゃんと、プロフィール・シートだって浮き上がって見えた。

前のように、仕事ができる。

それは、沢渡を安心させた。

二人のプロフィール・シートを見比べて、交際を始めるに当たっての問題点を洗い出す。

どうアドバイスをしたらいいかを考えておく。

「うん、うん」

ノックの音がした。百瀬《ももせ》だった。

「沢渡さん、そろそろお昼、行きませんか？」

沢渡は「うん」と返事をして椅子から立ち上がりかけたが、そこで今日は、加賀谷から弁当を渡されていたことを思い出した。

「百瀬くん。誘ってもらって嬉しいんだけど、今日はぼく、弁当なんだ」

ぴくりと百瀬の片方の眉が上がる。

「弁当」

「悪いんだけど、また、誘ってくれる？」

「りょーかい」

百瀬はドアを閉めた。

自分のデスクの上を片付け、丁寧に拭くと、コーヒーではなく、茶を淹れる。

それから、デスクの上に加賀谷に渡された包みを置く。手を合わせて、拝んでから結び目をほどくと、曲げわっぱの弁当箱があらわれた。木の蓋《ふた》をあけると塩漬けの紫蘇で味付けされたご飯と、鰆《さわら》の西京焼、そして、煮物だった。いろどりとしてグリーンリーフがしかれている。

添えられていた箸を持って、両手を合わせる。

「いただきます」

一口食べて、ほわわわと自分の口元が緩むのを感じる。

「なにこれ、おいしいー！」

加賀谷が、わざわざ、自分のために作ってくれたのだと思うと、おいしさもいっそうだ。

「ありがとうございます、加賀谷さん」

最近では、いつもお昼は百瀬と近所の店に食べに出るか、テイクアウトか、でなければ、コンビニで弁当を買っていた。そのどれもが、決しておいしくないわけではないのだが、ただ、食べる前に味がわかってしまっているので、少し、あきていたのが本音だった。

加賀谷の弁当には、それがない。次の一口にはどんな味がするんだろうとわくわくするのだ。

「は、そうだ」

沢渡は携帯端末を手に取ると、写真を撮った。少し食べてしまっているが、それはこの際、気にしないことにする。

「お弁当、食べています。とってもおいしいです……っと」

写真を添付してメッセージを送信する。

「うん、これでよし」

再び箸を手にして弁当を食べ始める。そこで着信音が響いた。メッセージを確認すると、そこには「よかった！」とひとことあった。

「え、もう？　加賀谷さん、早すぎ！」

このタイミングで返信があったということは、もしかしたら、加賀谷は「食べたかな、どうしたかな」と心配で、そわそわと着信を待っていたのだろうか。その様子が浮かぶようで、微笑んでいると、「あのー」と、声がかかった。ドアから百瀬が顔を出している。はっと、慌てて顔を引き締める。彼はコンビニのロゴが入った袋を振った。

「俺も昼飯を買ってきたんで、ここで食べてもいいっすかね」

沢渡は立ち上がった。

「お茶、淹れるよ」

「あ、大丈夫っす。飲み物も買ってきたんで」

ごそごそと、百瀬は補助デスクの上に唐揚げ弁当を取り出す。そのときに、百瀬がチラリと沢渡を見た。二人はしばし、無言で弁当を食べ続ける。

「あの」

「あのね」

百瀬と沢渡は同時に話を始めた。

「あ、沢渡さん、どうぞ」

「ううん、百瀬くんこそ」

「うまそうな昼飯ですね」

「あー、うん」

「ご自分で作られたんですか？」

百瀬はぜったいにそうじゃないことをわかっていると思う。薄ぼんやりとではあるが、沢渡が実生活ではかなり粗忽者《そこつもの》であることをわかっているはずだ。

「ううん。そうじゃないんだけど。じつはこのまえ、水道が故障しちゃって……。知り合いのうちに居候《いそうろう》してるんだよね。そこの家主が、料理が得意だからって、持たせてくれたんだよ」

つい、ごまかしてしまった。嘘は言っていないが、真実も口にしていないというやつだ。

――別に、言ってもいいんだけどね。

心にまったくやましいところがないというのなら、加賀谷とお試し結婚生活をしていると言えるはずだ。だが、こうして、いざ、百瀬を目の前にすると、なにか言われることをおそれてしまうのだった。

予測される会話を思い描いてみる。

「じつはぼく、加賀谷さんのお宅にお邪魔してるんだよね」

「沢渡さん、もしかして、玉の輿《こし》狙いっすか？　今まで加賀谷さんのお相手を見つけなかったのは、もしかして、自分がその座につきたいからですか？」

「そんなわけ、ないじゃない。単に、お試しで加賀谷さんとの結婚生活をしていて、彼の生活態度をチェックしているだけだよ」

「加賀谷さんは、沢渡さんが男が好きだって知ってるんですか?」

「ううん」

「ねえ、沢渡さん。言ってましたよね。客に手を出すなんて、一番やっちゃいけないことだって。そのあんたが、客を喰《く》うなんて、見損ないましたよ。俺になにか言う資格、ないじゃないですか」

そんなつもりはない。加賀谷にどんなに好意を持ったとしても、あくまでも客として扱い、アドバイザーとしてせいいっぱいのことをするつもりだ。そして、今までだってそうしてきた。

「……さん。沢渡さん」

声をかけられて、沢渡は我に返った。

「ん? んん?」

「聞いてました?」

「あ、ごめん。なんだっけ?」

百瀬があきれたように言った。

「だからー、加賀谷さんの新しいお相手、見つかりました? もしなんだったら、提携会社からも候補を回してもらえるように、頼んでおきましょうか?」

「あー」

沢渡は、じっとりと汗が背中に滲《にじ》んでいることに気がついた。ここは、「そうだね」と答えておくべきなのだろう。だが、沢渡は知っている。百瀬は優秀な男だ。そう答えたら、きちんと加賀谷にふさわしい相手を提携会社のリストから、それこそ、オーガニックの野菜の目利きのごとく、探してきてくれるのに違いない。それを頼んでしまっていいものだろうか。

よけいな労力をかけることにほかならないのではないか。

「あー、加賀谷さんは、今、ちょっと……」

「ちょっと?」

百瀬が首をかしげている。なにか、なにか、言わないと。

「小休止中なんだ。そのうちまた、婚活に入ると思うんで、そのときには、よろしくお願いすると思うけど」

けげんそうな顔をされて、ひやっとしたのだけれど、「わかりました。りょーかいっす」

そう言って百瀬は唐揚げを一つ、口に入れたので、沢渡はおおいに安堵《あんど》したのだった。

「じゃあ、ぼく、そろそろ、デートのつきそいに行ってくるから」

「はーい、いってらっしゃい」

百瀬はひらひらと手を振った。

一週間が平穏に過ぎた。そう、いつものように。

いつもの……。

「す、すみませーん」

沢渡は平伏せんばかりに頭を下げている。

ぷるぷると身体を震わせながら、謝罪の言葉を口にする。

「加賀谷さん、ごめんなさいっ！」

「孝さん……」

加賀谷が難しい顔をして、腕を組んでいる。ここは、沢渡が与えられている、天蓋付きのベッドがある部屋である。この美しく整った部屋を、たった一週間で、沢渡はなかなかに生活感のある部屋にしてしまった。まずは、スーツケースが開いている。そこから服を取り出したまま、床に投げ出してあった。

ああ、慈愛が陽光のように降り注ぐ加賀谷といえども、これはない。

さぞかし、怒られることだろう。場合によっては、そのまま追い出されるのかもしれない。

それならそれでいい。

円満に、ここを出て行ける。

「別に、俺は、怒ってないんだ」

いやいやいや。腕組みをして、渋い顔をしているじゃないか。

「だから、最初に言っておくけど、俺は孝さんに謝って欲しいわけじゃない。それは、最初に言ったとおりで、よほど悪いことをしたとき以外は、謝罪は不要だと思ってる。むしろ、根本的な問題はまったく解決されていないのに、謝罪したことで『これは終わり』みたいになるのが、よくない」

「でも、ぼくがだらしないことは、自分で言うのもなんだけど、そうそう直るものじゃないと思います」

うう。言っていて、情けない。

加賀谷は微笑んだ。

……なんで、笑えるの。こんなときになのに。

「それが、間違い。俺が直して欲しいと思っているのは、性格じゃない。習慣です」

「習慣……？」

「行動パターンを把握して、むりなく片付けできるようにしたいんだよ。ようは、その人その人にとって、たやすくできることが違うってこと。テレビでよく見る『片付け名人』ってあるじゃない？」

「ありますね。ぼくも、『シャツを引き出しにしまうときには、こうして縦にすると、どんな色があるかすぐわかる』というので、やってみたことがありますよ」

「で、どうだった？」

「引き出しの中が、三日で崩壊しました。よけい、わからなくなって、シャツがぐちゃぐちゃになりました」

加賀谷は声を出して笑った。

「そりゃあ、そうだよね。テレビでやっている片付けって、基本、普通の人はできないって考えたほうがいいよ。ほんと、その人その人によって、できることは違うんで、そこを間違うと、毎日がストレスになる。そうならないように、うちのリフォーム会社では、作業前に時間をとって打ち合わせをするようにしている。それに」

にやっと、加賀谷は笑った。たまにこういう、からかうような微笑を浮かべることがあって、そういう顔もけっこう好きだったりする。

「前にも言ったでしょ？　仕事柄、ものすごい汚部屋だっていくつも見ているから、今さら驚いたりしないって。こんなの、きれいなもんだよ」

ふんふんと、加賀谷が室内をチェックする。ベッドの下まで覗《のぞ》き込んでいた。さぞかし、埃《ほこり》が溜《た》まっていたのに違いない。

「孝さん。帰ってきてから、こっちのウォークインクローゼットには入った？」

「入ってないです」

「なんで？」

なんでって……。なんでだろう？

「ぼくの場所じゃないから？」

加賀谷は、なるほどと言った。それから、荷物の中から服を選ぶと、呵責なく、ウォークインクローゼットにつるしていった。

「あああっ？」

「あのね。孝さんは、『お試し結婚』してるんでしょ？　だったら、俺を一方的に見るだけじゃなくて、孝さん側だって、快適じゃなくてはだめだと思うんだけど。この部屋は孝さんに与えられているんだから、遠慮しちゃだめ。それから、服、少なくない？」

ぎくりとした。加賀谷の指摘は当たっている。洗濯しようと思っていた服は、当然ながら自宅の洗濯機の近くにあり、全滅している。最初は、同居が数日だから大丈夫だろうと思っていた。自宅に帰ったら買い足す気でいたのだ。

「うん、わかった」

加賀谷がどこかに電話している。やがて、ぞろぞろと人が荷物を抱えてやってきて、目の前が店になった。これは比喩ではない。

「なんですか、この方たちは」

「外商さんだよ？」

宅配便だよみたいな調子で言われて、戸惑っていると、加賀谷が説明してくれた。

「だからね、外に買いにいく時間がないときには、百貨店の外商さんに家に来てもらうの。

沢渡さんの服が足りないから、いくつか買おう。下着類も持ってきてもらっているから、適当に選んで」

お金持ちになると、お店がやってくるんだなあ。そんな悠長なことを考えている場合ではない。

「いや、大丈夫です」

「わかった。じゃあ、適当に選んじゃうよ」

「え、ちょっと。困ります。ああっ」

加賀谷が加賀谷のシャツを買った。ネクタイも何本か。ついでにと、イージーオーダーのセットも二着ほど。

外商の人たちが帰っていったあと、まあ、ボーナスが入れば払えるだろうと思いつつ、ブランドを確かめて、自分の顔から血の気がさーっと引いていったのを、沢渡は感じた。

「孝さん……？」

加賀谷が心配そうにこちらを覗き込んでいる。

「どうしました？」

「どうしたも、こうしたも……」

ぶるぶる震えながら、沢渡は言った。

「これ、分割でいいですか？」

「あの、孝さん？」

「はい？」

「これは、あくまでも『結婚生活』なんだから。それは、わかってるよね？」

「は、はい」

「うん、そうだね。例えば、俺がマリッジ・イナダで婚活のために相手と待ち合わせて、お茶をして、それからレストランで食事をする。そのときに、自分が代金を負担する。それは、あたりまえのことだよね。違う？」

「……違いません」

「でしょう？　同様に、この『お試し結婚生活』で、必要なものがあったら、俺が負担するのが当然だと思っているんだけど……。それとも、孝さんは、俺が結婚相手に、衣服に不自由させるって考えてるの？」

「考えて、ないです」

「だよね？　だから、気にしないで。これは、必要経費だから」

でも、いくら、加賀谷さんが金持ちで、自分を甘やかしてくれているのだとしても、これはないんじゃないかと思う。

心の負担が半端ない。

ふふっと加賀谷が笑った。

「ほんとはね。お試しをむりに延長したお詫《わ》びみたいなものなんだ」

「え、でも、困っていたのはぼくで、求馬さんは親切で延長してくれたんですよね」

「孝さんは、俺のことをいい人に考えすぎ。こんなに楽しくなかったら、お願いしたりしないよ」

甘い言葉が、自分を幸福にする。そしてすぐに、熱い湯に指を浸けてしまったときのように、とって返すことになる。

「ありがとうございます。そのぶん、お試し結婚チェックをがんばりますね」

加賀谷は戸惑った顔をした。ここに来たときから、この人はたまにこういう顔をすることがある。複雑そうな、なにか言いたそうな表情。けれど、結局彼は笑顔でそれを塗り替えてしまい、外商が置いていった服を手にした。

「じゃ、しまおうか。このウォークインクローゼットの使い勝手も知りたいしね」

そう言われてしまっては、拒むこともできずに、沢渡は彼とともにさきほど買い求めた服をクローゼットに収め始めた。

「床用のモップを置いておくから、帰宅したら、それで床を一撫でしてくれるかな？　それで、だいぶ埃の立ち方が違うと思う」

帰ってきたら、まずモップ。

「そ、それくらいなら……。がんばります」

「がんばらなくて、いいから。それもむりだっていうなら、俺がこの部屋の掃除をするから」

「いえ、できます。やります！」

隠したいものはないのだが、自分のいないときに部屋に彼を入れるのは、抵抗があった。

それに、今のままでも、充分、加賀谷の負担になっている自覚があるのに、これ以上、お荷物になんて、なりたくない。


夕食を作りながら、しょんぼりと「ぼくがいて、いいことなんて、一個もないですね。加賀谷さんに結婚はいいものと思っていただけるには、どうしたらいいかなあ」と、ほうれん草のごま和えを作りつつ言ったら、加賀谷がぎょっとしたように言った。

「え、あるよ？」

「ほんとですか？」

ぱちぱちと目をしばたたかせる。加賀谷は、ふふっと笑った。

「今みたいに、ごま和えのごまを擂《す》るのが上手なところかな」

そう言われたので、納得した。

「そうですね。こればっかりは、求馬さんに負けない自信がありますよ」

そう言って、胸を張る。祖母と暮らしていたので、すり鉢でいりごまを擂るのは得意なのだった。

「擂りたてのごまで作った和えものはおいしいよね」

「はい」

「それに……」

続く言葉がおそろしく、沢渡はすり鉢を差し出して、遮ってしまった。

「ごま、このくらいでいいですか？」

「あ、うん。いいと思う。味付けもお願いできる？」

「はい、まかせておいて下さい」

加賀谷はそれ以上は言及せず、沢渡はそれ以上追求せず、話はうやむやになったのだった。

「ふー、退屈ー」

今日は、沢渡は休日なのに、加賀谷は仕事が入ってしまった。

有能な加賀谷によって、家の中はきれいだし、作り置きの惣菜《そうざい》も冷蔵庫に入っている。沢渡も、洗濯と自室の掃除を終えた。だから、今は、自由時間であるのだが。

「自由って言っても。ここに来る前には、休日で時間があるときには、なにをしていたかなあ」

思い出そうとするのだが、一向に浮かばない。

「本を読んだり、テレビ見たり、コンビニに行って、新作のスイーツを買ったり、まあ、散歩したり？　そんなんだったかなあ」

話す相手がいないのが、こんなに退屈だとは思わなかった。

「できるだけ、早く帰ってきますから」と加賀谷は言っていたけれど。

「早くって、いつぐらいなんだろうな……」

寂しいな、そう、つぶやいた自分に気がついて、「はうあ」と妙な声を出してしまった。

これだから、寂しい独り身はちょろいんだよ。

違うんだから。加賀谷さんは、うちの大事なお客さんで、そういうんじゃないんだから。

知っていたじゃないか。心が弱っているときに、優しくされると、ついつい、ふらっと来てしまう。そのぐらい、わかっていたじゃないか。

「いや、でも、大丈夫！」

ぐっと拳を握って、断言する。

「どんなに加賀谷さんのことを好きになったとしても、加賀谷さんのほうが自分を相手にしないから、平気。両方からくっつきあわないと、交際は成立しないから。知らない顔をして、通り過ぎてしまえば、なんてことないから」

しょうもないことばっかり考えてしまうのは、久しぶりに一人になったせいだ。ここのお試し生活が終わってまた一人になれば、きっと戻るのだろうに。

中庭を見る。空が暗くなってきた。

「なんか、天気が悪いなあ」

洗濯物を取り込んで、乾燥機にかけるか。

そう考えて、アプローチに洗濯物を取り込みにいく。風にあおられ、沢渡のシャツがはためいた。

「あ」

沢渡の手をすりぬけて、中庭までひらひらと落ちていく。

「あー、もー」

入っちゃだめだと言われたのを、忘れたわけじゃない。だが、ほんのちょっと、二、三歩だからと思ったのだった。

効果は覿面《てきめん》だった。

沢渡がアプローチから中庭に足を踏み入れたとたんに、土砂降りになった。

「ひ、ひえ？」

なんて雨なんだ。しかも、風もすごい。温度も一気に下がって、自分の身体が冷たくなっていくのがわかる。でも、この落ちたシャツは加賀谷に買ってもらったものだし、拾わないと……。

「フー……」

やけに、生々しい声がした。まるで、生き物みたいな。大きな動物の、鼻息、みたいな。

――この子、うちのしろさんに似てます。

動物園に行ったときに、そう無邪気に話していた加賀谷の声が、なぜだろう、今、耳元に蘇《よみがえ》ってきた。

気のせい、気のせい。なにもない、なにもない。そう、自らに言い聞かせてみるのだが、がさがさという萩《はぎ》の茂みの枝ずれの音は、どう考えても何らかの動物のせいだとしか思えず、だとしたら、それは、加賀谷の大切なペット、凶暴な大型猫の「しろさん」以外は考えられない。ようやく、シャツに手が届いた。うまいこと、萩の枝に引っかかってくれたせいで、さほど汚れていない。

「ご、ごめんね、しろさん」

謝りながら、一歩後じさる。

すさまじい怒気とうなり声が、すぐ足下でする。足下……？

そこに、しろさんがいた。

たぶん。

おそらく。

「しろ、さん……？」

呼びかけると、うなったことからも、しろさんと推察される。

しろさん、加賀谷の大切なしろさん。

それは……――思っていたより、ずっとずっと小さかった。

「この子、ほんとにしろさん？」

両手のひらほどの大きさのその猫は、それでも、その気の強さを示すように、背中の毛を逆立てて、怒りを露《あら》わにしている。こんなに雨が降っているというのに、猫の金色の目が、沢渡にはくっきりと、これ以上なくはっきりと見えたのだった。

雷鳴がとどろいた。

ついさっきまでは、恐怖のあまり、動くことができなかった。だが、今は違った。こんな、小さな猫を。こんな、子猫を。庭で放し飼いにするなんて。加賀谷のことだ、おそらくは考えがあるのだろうが、それにしても、大雨の日にしのぐ場所がないなんて、あんまりだ。

「よーしよしよし、おいでー」

できるだけ、優しい声を出しながら、その猫に近寄っていく。そして、シャツを広げると、がばっと猫にかぶせた。

「ふんぎゃああああああ！」

子猫が、すさまじい鳴き声を上げた。この声をもし、なにも知らないで沢渡が聞いたなら、猫が虐待されているのだと思ったことだろう。実際には反対だった。腕や、いつの間にか顔にまで爪《つめ》を立てられているのは沢渡のほうで、痛みと雨の激しさと、それでも、この腕に抱えた小さな生き物を決して放すまいと、しっかりと抱きしめていた。

沢渡は洗面所に行くと、乾いたタオルで子猫を拭いた。冷たい雨だった。この猫の身体が冷えていたら大事だし、毛の間に水が溜まっていたら、なかなか乾かないだろう。

「そうだ！」

沢渡はドライヤーに手を伸ばした。だが、沢渡が手にしたドライヤーのスイッチを入れると、子猫の声と身体のばたつきは、さらにひどくなる。

「みぎゃあああ！」

「こわくないよー！　あああああ！　暴れちゃだめえ！」

だが、沢渡は決して退《ひ》かなかった。この子猫を固定しないと。

「あ……！」

沢渡は子猫を抱えたまま、必死で手を伸ばすと、洗濯ネットを取った。いやがる子猫をそこに入れると、ファスナーを閉める。そのうえで、熱くないことを確認しつつ、猫にドライヤーをかけていった。

「いい子だねー、いい子だからねー」

繰り返して、猫にそう言い聞かせると、言葉が通じたわけでもないだろうが、猫は次第におとなしくなってくる。

「ね、いい気持ちでしょ？　ぼくも、これ、やってもらうの、好きなんだ。ふわふわにしてあげるからね。寒かったよねー。ひどい雨だったもんねー」

もう大丈夫かなと、子猫をネットから取り出すと、直接仕上げてあげる。その頃には、子猫はもうすっかりとドライヤーが気に入ったようで、ごろごろと喉から音を立てて、満足そうに目を閉じていた。

子猫の足を沢渡は持ち上げる。小さいのに、足はしっかりしている。将来、身体を支えるためだ。

「しろさんは、さぞかし大きくなるんだろうねえ」

そう言うと、「しろさん」という言葉に反応したかのように、子猫は片目だけあけて金色の目を覗かせたのだった。

加賀谷が帰宅したのは、ちょうどそんなときだった。

「孝さん、どこ？　メッセージに反応ないし、出迎えもないし」

「おかえりなさい、求馬さん。ぼく、洗面所です」

「どうしたの？　気分でも悪いの？」

この光景を見て、加賀谷は絶句した。

「……し、ろ、さん？　なんで……？」

沢渡は抗議した。

「求馬さん、ひどいですよ」

「ひどい……？」

「だって、こんなに小さな、赤ちゃん猫なのに、外は大雨どころか、嵐だったんですよ？　外に出しっぱなしなんて、ひどいです」

「しろさんが、赤ちゃん……？」

加賀谷は今まで見たこともないような顔をしていた。あまりのことに呆然《ぼうぜん》としているというのが、一番しっくりくる表情だ。だが、このことばかりは、いくら居候の身でも、引くわけにはいかなかった。

「こんな子猫を外にほうっておくなんて。風邪《かぜ》引いちゃいますよ」

そう、主張した沢渡だったのだが、実際のところ、くしゅんと小さなくしゃみをしたのは、しろさんではなくて沢渡のほうだった。

「孝さん？」

「だ、大丈夫ですよ。このぐらい、なんてことは……」

そう言ったあとで、またくしゃみをした。

「まったく、大丈夫じゃないでしょう。ああ、もう！　孝さん、こんなにずぶ濡《ぬ》れで。身体が冷え切っているじゃないですか」

「でも、洗濯物を取り込んで、もう一回、やり直さないと」

「やりますから。俺がやっておきますから」

「床、濡らしてしまったんで……」

「それも、やっておきます。とにかく。お風呂に入って、身体を温めて。風邪を引いちゃいますよ」

加賀谷が湯を張ってくれた檜《ひのき》風呂に浸かりながら、窓から中庭を見る。先ほどまでの嵐が嘘のように、晴れている。このぶんだったら、また外に洗濯物を干せそうだ。

風呂から上がってきたころには、床はすっかり綺麗《きれい》になっていた。

「ありがとうございます」

そう言って、ぺこんと頭を下げた沢渡を、加賀谷が手招きする。手には、ドライヤーがあった。リビングのソファに腰かけて、中庭を向きながら、髪を乾かしてもらう。加賀谷はまだ、外から帰ってきたまま、作業着姿だった。

——もしかして、ぼくに会いたくて、着替えないで帰ってきてくれたのかな。

こんなの、勝手な思い込みだけど。もし、そうだったら、すごく嬉しいな。自分だって、加賀谷に早く会いたかった。

沢渡は、ドライヤーの音がいつもより小さいことに気がついた。弱モードにしているらしい。

「あ、しろさんは……？」

気になって聞いてみると、加賀谷は沢渡の足下を指さした。

「そこ」

沢渡の足の少し右側で、しろさんが丸くなって眠っている。ふっと、沢渡は顔をほころばせた。

加賀谷がドライヤーを止めた。

「あの……。沢渡さん」

「え」

どきっとした。加賀谷が自分を、名字で呼んだ。ということは、今から彼が話そうとしていることは、「お試し結婚」の中ではなく、加賀谷求馬が沢渡孝に向かって話しているのだということになる。

「前々から、話さなくてはと思っていたことなんですが……。なんて言っていいのか、どう説明したら通じるのかわからなくて……。今になってしまったことを、まずはお詫びしなくてはと思います」

なに？　なになに？

彼とは思えない、歯切れの悪い物言いに、沢渡の心臓がドキドキし始めた。

「じつは……――」

このあとに、続く事柄はなんだろう？

じつは、遠距離なんですけど、すでに結婚していました、とか。

やっぱり、もう「お試し結婚」は終了したいんです、とか。

身を硬くして、緊張して待っていたのだが、加賀谷が言ったことは、その予想をはるかに超えていた。

「じつは……――しろさんは、加賀谷家の守り神にして、しんじゅうなんです」

「……――？」

最初は、「しんじゅう」の意味がわからず、ただ、疑問符だけが沢渡の周囲を回っていた。

それから、それが「神獣」であることに思い至った。

足下の子猫を見る。

「え、え、え、え？」

どういうこと？

なにを言っているのか、まるっきりわからない。聞いていることを示そうと「あ、はい」とだけ、返事をした。

加賀谷は再び、話し始めた。

「数百年前、ここらがまだ、江戸郊外の村だったときに、大雨が降ったらしいんです。そのときに、神獣がやってきて、自分を大切にし、私欲に走らないのなら、この村を災いから守ってやろうと約束してくれました。そこで、村では、神獣のためにほこらを作ったんです。そこを守るのは、神獣と話すことができる者、加賀谷家の当主です」

神獣の加護により、加賀谷家とその領地は、飢饉《ききん》も、戦災も、地震も免《まぬが》れてきた。

ただ、土地開発の波からは逃れることはできなかったのだ。

とうとう、ここにマンションを建てるとなったときに、ほこらは建物のあいだに挟まれてしまうことになった。それくらいならと、ここにほこらを移し、しろさんも移住することになった。

「加賀谷の本家跡取りは、しろさんと話せることが絶対条件なんです。先代は結婚しなかったので、親戚の子どもが集められ、しろさんと話せた自分が、養子になりました」

「ああ、そういう……」

「信じられないとは思いますが」

加賀谷が沢渡の反応を待っている。

えーと。

「いや、そんなことはないです。信じますよ」

村を救ったとか、話ができるとか、そういうのはこっちにおいておいても、加賀谷と、それにかかわる人たちにとって、しろさんがとっても大切なのはわかった。

「加賀谷さんが言うんだから、そうなんですよね」

「信じてないよね。孝さん、信じてないでしょう？　まあ、しろさんがそれでいいって言っているから、いいけど」

「神獣なのかもしれないですけど、今日みたいに冷たい雨が降ったときには、おうちの中がいいですよ。それに、カラスにつつかれたり、するかもしれないし」

「ぶふっ！」

おかしな声がした。加賀谷が吹き出している。そして、しろさんが片目をあけると、たんたんと尻尾《しっぽ》でリズムを取っている。加賀谷としろさんさんは、ほんとうに話をしているかのように、沢渡には感じられた。

「いや、まあ、あの雨を降らせたのも、しろさんなんだけど……。孝さん、庭に下りたでしょ」

「あ、はい。シャツが飛んでいってしまったんで」

「それで、怒っちゃったんだよね」

そんなにたいへんなこととは知らなかった。シャツが汚れてしまう罪と、中庭に足を踏み入れる罪。この家では、後者のほうが、はるかに大きな罪状になるらしい。

「これからは、シャツが落ちても、求馬さんに拾ってもらうようにします」

しろさんが鳴いた。

「ああ、それはもう、大丈夫だって。孝さんが悪い人じゃないことはわかったから、庭に入ってもいいって。よかったね」

「あ、はい」


苦笑する加賀谷に頼み込んで、速攻、猫用のトイレとフードと、出入り口を作ってもらった。高級猫用ブラシを買ってもらって、しろさんを呼ぶ。

しろさんは、子猫にしては落ち着いた、むしろ、あきれたような表情でやってきて、床に座った沢渡の膝に乗った。

「しろさんは、きれいだね」

そう言いながら、沢渡はブラシをかけてやる。

「外で暮らしていたのに、毛並みが輝くみたい。うん、しろさんには、これをあげましょう」

そう言って、沢渡はしろさんの首に赤いリボンを巻いてやった。

「すごくお似合いですよ、しろさん」

夕食を作っていた加賀谷がこちらを振り向いて笑う。

「し、しろさん。なに、リボンされてんの。うん、まあ、断れないよね。孝さんに言われたら」

「でも、しろさん、トイレしないですね」

そう言うと、加賀谷と、そしてしろさんが同時に動作を止めた。

え、なに？　なんですか？　なにか、おかしなことを言いましたか？

「だって、うちの中に設置したトイレにもしないし、かと言って、粗相したようにも見えないし、庭にしているのかと思ってたんだけど、そういうわけじゃないみたいだし」

しろさんが、しきりと鳴いている。加賀谷が、腹を抱えている。

「ん、ん？」

「あれだよ。きっと、しろさんは、粗相したものを隠すのが、とっても上手なんだ。猫はほら、穴を掘って、土をかけるから」

「そうか。そうなんだ。しろさんは、きれいなだけじゃなくて、偉いなあ」

そう言って、沢渡は不満げな顔をしているしろさんの頭を撫でてやったのだった。

夕ごはんのときには、しろさんの前にも食事が置かれた。

魚はとにかく、ご飯とか酒まである。

「求馬さん、しろさんにこんなのあげても、大丈夫なんですか」

「うん、いつものことだよ。おなか壊さないから平気だからね。なにか、おいしいものがあったら、孝さんもあげていいよ」

気がつくと、皿からきれいにしろさんのご飯はなくなっていた。一鳴きすると、しろさんは尻尾をふりふり、庭に下りていってしまった。


夕食を食べながら、加賀谷の相手への条件の話をした。

「加賀谷本家の真の仕事は、神職で、しろさんは神獣なんですよね」

「そうだよ」

「じゃあ、ほんとに、しろさんをだいじにしてくれる人じゃないと、むりですね」

答えながら沢渡は、心のメモに「しろさんと仲良くできる人。最重要！」と赤丸つきで書き加える。

「求馬さんは、養子になって、修行もしたんですよね」

「まあね。そりゃあ、最初は抵抗があったよ。まだ、小学校に入る前だったんで、いきなり実の親から離されて次期当主、お次様って言われても、嬉しくもなんともないし」

「それから、ご両親には会ってないんですか？」

「ふつうに会ってるよ。本家と分家として」

「そんな……」

「俺のあとに、弟と妹が生まれてる。それで家族になっているので、俺の入る隙はないんだよね。向こうも当主様としてこちらを扱うから、今さら、父親とか母親って気持ちにはなれないし。俺の親といえるのは、養父だけだ」

「加賀谷の本家に来たあと、ここで、お父様と二人で住んでいたんですか？」

「その頃には、まだここを建てる前だったんで、本宅のほうに住んでいて、こっちには通ってた。ほこらは、まだ森の中にあったんだよ。本宅の人たちは優しかったけどね」

それは、一般的な家族とは違う。あくまでも、加賀谷は本家の、大切な次期当主、お次様だったのだ。

「なんで俺がしろさんのお守りをしなくちゃいけないんだって、反抗的になったこともあったんだけどね。そうすると、しろさんが、あっというまに弱ってしまうんで……。周囲がどうこうより、罪悪感が半端なくてね。それからは、いたって真面目《まじめ》にやってます。滝行にだって行ったんだよ。心を落ち着けるために」

「道理で、いつも、穏やかだと思いました」

ふっと、加賀谷は微笑む。

「そんなことないよ。孝さん。俺が、こんなに、いつも、笑っていられるのは、孝さんのおかげだよ」

　また、そんなことを言う。

……ぐぐぐ。

その声に撫でられているようで、くすぐったさに身悶《みもだ》えして、それから正気に戻る。

これは、慈悲。慈愛。リップサービス。口癖。

加賀谷は、切り子の日本酒のグラスを手にして、多少行儀悪く、片方の肘《ひじ》をついていた。

そうして、じっと、沢渡のことを見ていた。沢渡はごくりと酒を飲んだ。身体の中が、かーっと熱くなってくる。

　これは、酔っているからだ。

決して、加賀谷にこんなふうに優しく見つめられているからではない。

「ほんとうだよ。こんなことまで話したのは、孝さんが最初だ。しろさんのことを、全部、信じてくれなくてもいいんだ。でも、孝さんは、聞いてくれるでしょ？　否定しないでしょう？　話せるだけでも、まったく違うんだよ」

　加賀谷のことを「若」と呼んだマスターのことを思い出していた。彼によれば、加賀谷はかなりの女性とお付き合いをしていたらしい。

「今まで付き合った女性には、しろさんのことを話さなかったんですか？」

「うーん……。言えなかったなあ。大学をすぎると、女性は、とたんに現実的になるからね。

彼女たちが気になるのは、うちの不動産であって、真実の宝物である、しろさんじゃないから」

「そうですね……」

財産狙いが悪いとは、じつは沢渡は思っていない。一生をともにするにあたって、財産があることは、潤《うるお》いになるだろう。

だが、財産のもっとも中心になっているのが、しろさんであることは、わかっている人じゃないといけない。

「求馬さんの言うとおり、なかなか特殊なケースですね」

「だろう？　ここに彼女を連れてきたこともあったんだけど、今日みたいに、必ず天気が悪くなるんだよ」

まあ、それは、単なる偶然か、思い込みだと思うけれど。でも。

「任せて下さい。問題点がわかれば、ちゃんとやりようがありますよ！　すてきな伴侶を見つけて差し上げますから！」

胸を張る沢渡を、加賀谷はまたもや、なにやら複雑そうな目で見返してくるのだった。

沢渡が寝室に引き取ったのを見届けてから、加賀谷は中庭に出た。月が出ている。気持ちいい風が吹いている。

加賀谷はサンダル履きで、中庭を奥まで進んだ。小さなほこらがそこにはあった。苔《こけ》むしていて、小さなほこらだ。ごく古いものだが、ていねいに補修されており、大切にされていることが見てとれる。

「しろさん」

加賀谷が呼ぶと、『なんだ』と声がして、子猫の姿をしたしろさんが、目の前に降り立った。

「ちょっと、飲もうよ」

『よい酒だろうな』

「あたりまえだろ。しろさんにあげるんだもの」

ふんと、しろさんは薄桃色の鼻を鳴らした。小皿に酒を注ぐ。そして、自分のぶんも。

「乾杯」

『おう』

一匹と一人は、酒に口をつけた。

しろさんの声は、親父《おやじ》さんと呼んでいた先代当主と、加賀谷にしか聞こえない。しろさんは、その昔、人間にひどい目に遭ったとかで、人前に姿をあらわすこともめったにない。

だから、帰ってきたときに沢渡が必死の形相でしろさんにドライヤーをかけているのを見たときには、本気で驚いた。

「あのときには、腰が抜けるかと思ったよ」

『なにを笑う。だいたい、粗相とは、なにごとだ。私は、そんなことをした覚えは、ついぞない』

しろさんが、不満げに言う。加賀谷は答える。

「ごめんね。ああでも言わないと、沢渡さんのことだから、獣医さんに診せるって言い出しかねないと思って」

『たしかにな』

「沢渡さんは、しろさんのことを、全部、信じてくれたわけじゃないけれど」

『でもな、否定しないだけ、ましだな』

「そうなんだよ」

沢渡は、加賀谷がしろさんのことを、とても大切にしていることを、それをないがしろにする人と結婚する気はないことを、理解してくれた。

『あれは、心地いい男だな。おまえが連れてきた中では、一番マシだ』

加賀谷は嬉しくなる。

「俺もそう思うんだよ。しろさん！」

『おまえが、他人と暮らし始めたときには、どうなることかと思ったが』

「あのねえ、しろさん。俺、いまが一番楽しい。朝、沢渡さんが起きてきて、たわいない話をして、俺の作った弁当を持って会社に行って、『ただいま』って帰ってきて、ごはんを食べて。そういうのが、最高に楽しい。沢渡さんは、俺のことをいつでも笑っているって勘違いしてるけど、違うんだよね。俺は、沢渡さんのほうを見ているときには、いつだって笑っているの。単に、それだけのことなの。ああ」

加賀谷は切なげに、ため息を漏らす。

「ずっとずっと、こうして、沢渡さんと一緒にいたいのになあ。そうできたら、ほんとうに嬉しいのになあ」

しろさんが、その太い立派な尻尾で加賀谷の手を撫でた。いつも沢渡にブラッシングしてもらっているその尻尾は、たいそうに心地よかった。

同居生活も三週目を迎えると、軌道に乗ってくる。

「ふっ」

休日の朝、自分の部屋の掃除を済ませて、沢渡は満足の息をついた。

「完璧だ！」

毎日、帰ってきてから軽くモップをかける。服を着るときには、右から。アンダーをとるときには、下から。クリーニングに出すものは、ランドリーバッグに入れて洗面所に。それだけで、部屋の中は常に一定に片付いている。なので、休日にやることは、棚の上の埃を払って、掃除機をかけることぐらいだ。

このぐらいなら、自分でもできる……！

「終わりましたー」

そう、報告がてら、リビングに行くと、ちょうど加賀谷がしろさんにお菓子をあげているところだった。

お菓子。

今でも、見るたびに、これはまずいのではないのかと思うのだが、取り上げようものなら、しろさんは牙を剝《む》いてうなり、晴天がかき曇り、大雨と大風と雷鳴を呼んでくるので、思わず手を離してしまう。そうすると、あっというまに空は元通りになり、しろさんは、またいつもの子猫の顔で沢渡が落とした菓子を食べ、もっとちょうだいと可愛くねだってみせるのだった。

「まさか。うん、まさかね」

まさか、神獣。

加賀谷が、冗談を言う人間には思えないのだ。だが、そうしたら、しろさんは加賀谷家の守り神で神獣ということになる。

「うーん……？」

自分は、加賀谷とは違う。神獣への接し方など習っていない。しろさんの声も聞こえない。

「当然なんだけど」

自分は自分。加賀谷さんが大切にしているしろさんとして、今まで通りに接していくしかない。

そっと手を伸ばして、しろさんの身体を撫でる。気持ちいいのか、ゴロゴロと喉奥で地鳴りのような音がしている。

「ふふっ」

今日は、よい日だ。のんびりと、そう思っていたのに。

「孝さん。少し、運動してみない？」

加賀谷に言われて、盛大に戸惑った。

「うんどう……？」

「今まで、運動の習慣は？　休日に何かしてた？　得意なことは？」

ああ、神さま。どうして今まで忘れていたのでしょうか。この人は、自分なんて及びもつかないリア充であることを。

「そういうことは、ちょっと。ぼく、スポーツは苦手ですし」

小学校のドッジボールの時代から、「もういいから、邪魔しないで」と言われた記憶しかない。

「身体を動かすのは、競うためじゃなくて、自分のためだよ。たまに思いっきり使ってやると、身体が喜ぶよ」

そう言って、彼はにこにこしている。

「孝さん、テニスはできる？」

「昔、高校の授業で点数の数え方だけは」

「ゴルフは？」

「クラブにさわったこともないです」

「水泳」

スイミングクラブに通っている級友には及ばなかったものの、水泳なら、まあまあ得意なほうだった。

返事しなかったのだが、加賀谷は決めてしまった。

「じゃあ、泳ぎに行こうか」

「残念ですが、ぼく、水着を持っていません」

「大丈夫。スポーツクラブの中で、なんでも売ってるから。すべて揃《そろ》うよ。なんだったら、外商さんに、沢渡さんサイズの水着を持ってきてもらう?」

このまえの騒ぎを思い出す。あれは、遠慮したい。

「わかりました。行きます」


スポーツクラブの正面玄関に立つと、腰が引けた。

「ここ……、セレブ御用達のクラブですよね。ぼくなんて一見《いちげん》は、通してもらえないんじゃ」

「大丈夫ですよ。俺がプラチナ会員なんで、三名まで同行可能なんです」

言われて、加賀谷とともに中に入る。

「いらっしゃいませ、加賀谷様、お連れ様」

もしかして、入り口で顔認証されていたのかもと疑うほどに正確に、受付で挨拶された。

「う。ここは、ホテルですか?」

「孝さんは、おもしろいことを言うんだね」

加賀谷はそう言っているけれど、実際、ロビーが広く取られており、都内の高級ホテルのそれと変わらない。

一階のショップで水着を選んで——会計は、当然のように加賀谷がした。というか、現金や一般のカードでは支払えず、会員証と紐《ひも》付けられているのだった。——着替えると、最上階のプールに行く。

今日は晴れているので、天窓が開かれていた。屋外のプールにいるような気持ちになった。

「なかなか、いいところでしょう?」

言われて、「はい」と素直に返事をする。プールにはそれほど人がおらず、それをいいことに、ああでもない、こうでもないと、泳ぎ方をレクチャーしてもらった。

「タイミングさえ合って、水をうまく摑《つか》めれば、もっと速く、なめらかに、楽に泳げるようになるよ」

言われたとおりに腕の入り方を変えると、なんとなく「水を摑む」という感覚がわかるような気がした。

とはいえ、加賀谷のクロールの、まるでイルカみたいななめらかさには、まったくかなわなかったのだけれど。

——すごい。かっこいい……。

人の身体って、こんなに水の中をやすやすと、船みたいに、クロールしていけるものなんだ。

「久しぶりに泳いだんで、なまってるね」

笑ってそう言うが、プールの端から端を往復してきたのに、まったく息が切れていない。

——それにしても、加賀谷さん、着痩《きや》せするのは知っていたけど、かっこいいなあ。

そう思っているのは、自分だけじゃない。プールサイドから、視線が集まっている。

身長に多少差はあれ、スーツで会っていたときには、そこまで体格に差があるとは思わなかった。が、脱いで隣に立つと、自分のみすぼらしい筋肉がいやになる。

帰りに一階のロビーでコーヒーを飲みながら、一服していたときに、体格のことを口にすると、加賀谷はおかしそうに、「みんながみんな、同じ体格になる必要はないでしょ」ともっともなことを言うのだった。

「それは、そうですけど……」

「その人にとって、快適な体型であればいいんですよ」

健康が一番だよと、本心からそう言っているのが、わかるから余計に「貧相」としては心に突き刺さるものがある。

「完璧肉体美の、求馬さんに、言われても……」

「前にも言ったけど、俺は好きですけどね。孝さんの身体」

「……！」

——か、か、か、身体が好き、とか。

あまりにも、破壊力がありすぎる。

コーヒーカップを持つ手が震えてしまった。

自分の顔が真っ赤になっているのが、わかるから顔が上げられない。

うろたえるな。変に思われるだろ。

だが、さきほど、めいっぱい彼の肉体美を見せつけられたせいもあり、どうしても意識してしまう。

ばか、ばかばか！

己のことを叱咤《しった》する。

息を整えるんだ。加賀谷は、自分のことなんて、なんとも思っていないんだから。落ちついて。今までだって、そうしてきたじゃないか。

思い切って、顔を上げるんだ。そうしたら、そこにあるのは、加賀谷さんのぽかんとした顔で、「え。いったい、どうしたんですか」って、聞いてくるのに違いないんだから。

そう考えて、息を整えると、前を向いた。

「う」

だが、予想は大きく外れた。

そこにあったのは、加賀谷の、おそらくは自分以上にうろたえた顔で、そんな顔を見たのは、初めてだった。

「あの、その、そうじゃなくて、そういう意味じゃなくて、違うんです」

彼が、取り乱している。

「ああ、ほんとに……。なに、言ってるんだろ……」

彼がこちらをちらりと見た。

「でも、孝さんの体つきが気に入っているのは、本当。そのまま、ずっと、変わらないで欲しいくらい」

そこまで言って、さらにどうしていいのかというように、顔を手でおおった。

「なんか、恥ずかしいな。俺」

——好き。

そのとき、ただ一人で悶えていただけとはまったく違う水量の、まさしく押し流されそうな怒濤《どとう》の感情が、沢渡から流れ出した。

——この人が、大好き。

「孝さん？」

なにか言おうとした。だが、できなかった。いつもはすぐに取り戻せる仕事への倫理観、理性が、今回ばかりは戻ってこない。これまで、彼への恋情は、自分一人のものだった。好意はあったにせよ、それ以上のものはなかったと断言できる。だが、このとき、かすかではあったのだが、手応えを感じた。

彼から、思慕が返ってくる気配がした。

自分の恋情は、歓喜に震えた。

それは、理知で押さえ込めるものではなかった。

――あなたが、狂おしいほどに好き。

「あの、俺――」

彼が、何か言いかけた。息が苦しい。どうしよう。この人とだけは、恋に落ちてはならない。そう、自らに縛《いまし》めたのに。卑怯《ひきょう》な人間にだけはなりたくない。しろさんと加賀谷に認めてもらえる、誠実な人間でいたい。そう思っていたのに。

熱情の前には、そんな気持ちはどこかにいってしまうのだ。

「あの……」

沢渡が言葉を発したそのときだった。かたわらを通りかかった男性が、足を止め、声をかけてきた。

「求馬。求馬か?」

上から下まで、それとわかるブランドものに身を包んだ中年の男だった。この高級スポーツクラブにどのくらいの頻度で通っているのかは知らないが、それはあまり効果を発揮していないようだ。その人なりに快適である体型と、さきほど加賀谷は言っていたが、そこからは大幅に逸脱している。

「おじさん。お久しぶりです」

立ち上がって、加賀谷は彼ににこやかに挨拶をした。

――あれ……？

自分も立ち上がったものか、それともこのままがいいのか、ためらっていたのだが、沢渡は気がついた。

加賀谷の笑顔が、違う。いつも自分に向ける、にこやかなものではなく、作りこんだ微笑なのだ。いわば、加賀谷は笑っている形の面を、自分の顔に貼り付けているのだった。

この人はこんな、偽物の笑顔を作ることができるのか。あっけにとられて、それを見ている。

――笑顔が嘘くさい。

加賀谷に会わせた交際相手が、よく言っていたことだ。まったく、沢渡には理解できなかったのだが、今初めて腑《ふ》に落ちた。

だが、相手の男性は、気にした様子はなかった。この加賀谷の笑顔が、作り物であることに気がついていないのか。だとしたら、この男性は、デートを数回しただけの婚活相手の女性より鈍感なことになる。

「こんな時間に、こんなところに。ずいぶん、暇なんだな」

そういう自分だってここに来ているくせに、ずいぶんな言いようだ。沢渡が他人事《ひとごと》ながら、内心でむっとしていると、その男性がこちらを見た。相手の濁った目が、初対面の相手に対してどうかと思うほどに、じっと見つめてくる。

さきほどまでの浮き足立った思いが静まったことだけは、感謝しないといけないかもしれない。

「こちらは？」

沢渡は、立ち上がった。

「初めまして。加賀谷さんのお宅で世話になっている沢渡です」

男性の頬が引きつった。目が見開かれる。

「もしや、名前は『孝』……？」

「そうですが？」

気味が悪かった。この男とどこかで会っただろうか。そんな覚えはないのだけれど。

「信じられん」

男性の顔色が目に見えて悪くなっていた。

「まさかと思っていたが、おまえが男と同棲していたのは真実だったのか」

いったい何が起こってるのかわからずに、沢渡は彼を見つめる。このまま、倒れるのではないかと心配になる。

加賀谷が冷たく言った。

「ええ、そうなんです」

加賀谷は微笑をもう一段階、上げた。

「俺たち、お試し結婚中なんです。ねえ、孝さん」

「結婚……」

男性は目を白黒させている。

「むりだろう、男同士で結婚など」

「おや、どうして？　海外では、すでに合法化されていますし、日本だっておそらく数年の間には、できるようになると思いますよ。それまでのあいだは、パートナーシップという形になるかもしれないですが、事実婚なら、いつだってできますしね」

「あの、求馬さん……」

お試し結婚といっても、それは本当の結婚前提のものではなく、あくまで結婚相談所のサービスの一環だ。

だが、加賀谷は手で沢渡を制した。それ以上話すなとでもいうように。

「求馬。おまえ、男が好きだったのか。そうか。だから、うちの娘との結婚を断り続けたんだな」

「あなたの娘さんと結婚しないのは、したくないからです。そう、何度も言いましたよね。そして、俺は、男が好きなのではなくて、孝さんが好きなんです」

その言葉に、脳天を打ち砕かれた気がした。

——孝さんが好きなんです。

普通なら、嬉しいはずだろう。好きな相手から、そんな言葉をもらったら。だが、沢渡にとっては、あってはならない事態であった。

「おまえは、加賀谷家の当主なのだぞ。跡継ぎをどうするつもりなんだ」

「これはおかしなことをおっしゃいますね」

加賀谷はこのときばかりは、心底愉快というように片方の口端を歪《ゆが》めた。

「俺が養子であることを、知らないあなたじゃないでしょう？　加賀谷の当主は、血筋ではない。しろさんが決めることです」


車で帰る道すがら、加賀谷は沢渡に説明してくれた。

「加賀谷の分家筋にあたる家の方なんですが、なにをどうしたことか、本家の財産は自分のものと思い込んでおられて、困ってるんです。しろさんといっしょじゃなくちゃ、誰も加賀谷家では納得しないというのに。苦肉の策で、自分の娘と俺をめあわせようと、それはそれはしつこく言い寄ってきて」

加賀谷は盛大に顔をしかめてみせた。

「親戚なので、あまり冷たくするのもどうかと思ったんですが、こちらが遠慮してるとどんどん詰めてきて……。もう少しで、本当に彼の娘と結婚しなくちゃならないところでしたよ」

「そうですか……」

沢渡の返事が冴《さ》えなかったのを、加賀谷は別の意味に取ったらしい。

「さきほどは、沢渡さんを巻き込んで申し訳ありませんでした。おいやじゃなかったですか？」

いやじゃなかったかだと？

嬉しかったよ。だから、困るんだ。ぐっと唇を噛《か》みしめて、心にもないことを言う。

「そういう事情があったのでしたら、しかたないですね。でも、あまり、広めて欲しくはないです。加賀谷さんへのお試し結婚チェックはあくまでも、ぼくのサービスのつもりなので」

「……気をつけます」

加賀谷がしゅんとなる。今までだったら、彼にこんな顔をさせようものなら、胸が痛くなっただろう。そして、すぐに彼に笑顔を取り戻させるべく、フォローしたのに違いない。

だけど、今日、ついさっき、知ったのだ。これは、自惚《うぬぼ》れでもなんでもない。彼の心が、こちらに傾きつつある。完全に気持ちをシャットアウトしてしまわないと、最悪の事態になる。

なにごともなく、このお試し結婚を終わらせて、加賀谷に家庭を持ってもらう。そのためには、これ以上、彼と親しくなることをどうしたって避けなくては。

そうだ。心のメモに付け加えないと。「加賀谷さんを、ほんとうの笑顔にさせられる人」と。

もうすぐ、一ヶ月になる。

「ごっこ遊び」は終わりに近づいている。

終わりを見据えていかないといけない。

その日も、加賀谷は沢渡におやすみのキスを額にくれた。そして、「また明日」と挨拶をした。

「ええ、また明日。求馬さん」

そう、沢渡は返答した。その顔には、笑みが貼りついていたはずだ。今日の加賀谷のそれに、仮面のようなその笑顔はそっくりだったと思う。そうだ。あなたを真似《まね》したんだよ。あなたみたいな仮面をつけたんだ。そうしないと、立っていられないんだ。

マリッジ・イナダ。

自室で沢渡は、いつものように、百瀬と弁当を食べていた。沢渡はメインデスク、百瀬は補助デスクに座っている。

「沢渡さんの弁当は、今日もうまそうですね」

沢渡の弁当は、今日はチキン南蛮弁当だ。これは、沢渡のリクエストで、あとからかけるようにと、別添えのタルタルソースが、密閉容器に入ってついている。

「うん、おいしいよ。甘酸っぱいたれがからんだ鶏肉にタルタルソース……。それとご飯って、最高の取り合わせだね」

それにこのお弁当を食べられるのも、あと少しだと思えば、味わって食べようというものだ。

今日は、百瀬も弁当を持参していた。

「百瀬くんは、オムライス？　彼女さん、料理が上手だね」

スプーンで掬《すく》って中のチキンライスを食べていた百瀬が沢渡を見た。

「これ、俺が作ったんですよ。沢渡さんの話をしたら、うらやましいって言うんで、練習したんです」

「あ、そうなんだ」

意外ではあったが、もともとホストをやっていたくらいなのだから、まめなのもふしぎではない。

「まあ、いまどき、食事を作るのに、男も女もないでしょう。加賀谷さんだって、毎日沢渡さんの弁当を作っているわけですし」

「まあ、そうだよね」

軽く、返事をしてから、沢渡の箸からチキン南蛮のひと切れが転がった。弁当のご飯の上に転がったのは、不幸中の幸いであった。

つい、気軽に返事をしてしまったが。

「ごめん……。百瀬くん、今、なんて？」

聞き間違い？　そうであって欲しい。

「だから、その弁当を作っているの、加賀谷さんですよね？　それでもって、二人は今、いっしょに住んでいるんですよね？」

ごまかそうと思ったのだが、スプーンを片手にしている百瀬は確信を持ってこちらを見ている。

「なんで……わかったの……？」

「なんでって、ご自分でおっしゃってたじゃないですか」

「え、え、えー？」

そうだっけ。いったい、いつ、そんなことを言っただろうか。気をつけていたつもりだったのに。

「それに、加賀谷さん、マリッジ・イナダに来てないですよね。プレミアム・アドバイザーである沢渡さんの部屋って、ほら、突き当たり近いじゃないですか。あの人、すごく目立つから、廊下を歩いているとわかるんですよ。女性社員が噂《うわさ》するし。それが、まったくおかしいでしょ」

「う、うう」

「それと、沢渡さん、同じ時期から通勤経路を変えましたよね。俺と同じ駅からだったのに、方向が違うし、軽く汗ばんでいるから、歩いて通勤しているのかもって」

「きみ、探偵？」

「沢渡さんが、うかつなだけです。あと、これはたぶん、俺しか気がついてないと思いますが、沢渡さんの服、ブランドですよね。今までの沢渡さんだったら、仕事着としてチョイスしないいかなって思いました」

「ふわわわわわ」

言葉が出なくなっている。うかつ。自分は、なんというかつ者だったのだろうか。

「まあ、でも、確信したのは、今ですね」

「なに、もしかして、鎌かけたの？」

「そうです。まあ、俺、秘密は守りますよ」

にやっと、百瀬は笑った。

「ちょっと楽しくはありますね。仕事上の付き合いである相手とは、絶対に『そういうこと』にならないって言っていた沢渡さんが、加賀谷さん相手に『そういうこと』になってるなんて。なんか俺、安心しました」

沢渡は箸を置いた。

「『そういうこと』ってなに?」

仕事を口実に、相手と恋愛関係になったたって?

冗談じゃない。そこまで落ちちゃいない。

沢渡は立ち上がった。

「百瀬くんは誤解しているみたいだから、言っておきたいんだけど、ぼくはたしかに加賀谷さんのおうちにお邪魔して、お世話になってる。だけど、それは、ぼくのマンションが水浸しになって、その補修工事の間だし、ぼくは加賀谷さんにどういう相手がふさわしいかを見定めるために同居しているんだし、これはチェックのためのお試し結婚であって、愛とか恋とか、そういうんじゃないから」

一息に言ってのける。

百瀬が、あっけにとられている。

「沢渡さんでも、そんなに熱くなることがあるんすね……」

そう、つぶやいている。

「ごめん。なに言ってるんだろ。怒ってるわけじゃないから」

そう言って、沢渡は椅子に腰かけた。

この話は、これで終わりだと思っていた。いつもの百瀬だったら、そうだったろう。だが、そのときに限って、百瀬は食い下がってきた。

「でも、沢渡さん、恋愛って、落ちちゃうものなんだから、しょうがなくないですか」

「だから、ほんと、そういうんじゃないから」

「じゃあ、たとえばです。たとえばですよ。俺だったらどうですか。俺が、水道が故障したのを知って、うちに来ないかって言ったら、どうしました？」

何を言いたいのか、理解できない。

「だって、百瀬くんは彼女と暮らしているし、そうじゃなくても、部屋がないよね」

そういうことじゃなくてですねと、百瀬が言葉を重ねる。

「そう。俺が沢渡さんの担当している客で、なかなか結婚しないでいる。家は大きくて部屋が余っている。そういう状態だとして、沢渡さんが困っているときに『うちに来ませんか』って言ったら……、どうしました？　お試し結婚しましたか？」

もし、百瀬だったら。そうじゃなかったとしても、ほかの誰かであったとしたら。

「そんなの、もちろん」

了解したと言いたい。このお試し結婚は単なる仕事上のことで、相手が加賀谷以外であったとしても、同居したのだと断言したい。

だが、それを言うことはできなかった。

「それは……」

どれだけ過去を振り返って、考えてみても、答えは同じなのだ。

水道管が故障してしまったから。混乱していたから。彼の部屋が余っていたから。

そう考えようとしても、真実は違う。

ただ、ただ、加賀谷だったからだ。

「だから、そういうことだったんでしょう？」

「……」

加賀谷さんのことが最初から、心底、好きだったんでしょう？

そうだね。

一年の間、ずっと加賀谷が女性と交際しては、振られ続けるのを見ていた。

「また、断られちゃいましたね」

笑って、マリッジ・イナダのプレミアム・アドバイザーである自分のところに帰ってくるたびに、「まったく、加賀谷さんは」と愚痴《ぐち》をこぼしながらも、自分はどんなにか安心し、楽しんでいたのに違いないのだ。

自分は、卑怯者だ。

だが、ひとつ、言えることがある。

彼の伴侶を選ぶ際に、そこでは、妥協したことも、手を抜いたこともなかった。それをしたことだけは、一度たりともなかった。

それが、自分の誇りだ。

「もう、あの家を、出るよ」

しおどきだ。

「最初から、こんなこと、しちゃ、いけなかったんだよ」

百瀬は何も言わなかった。

それから二人は、ただ黙って、互いの弁当を食べ続けた。

スーツケースに、自分の服を詰めた。

ただし、加賀谷が買ってくれたものは残していくことにした。これは、加賀谷とお試し結婚を終了した自分が持っていていいものではないと判断したからだ。

加賀谷と自分では体型が違う。だから、彼のもとに残しておいても、使えるものでもないのはわかっていたのだが、これは、沢渡のけじめだった。

「これでよし」

あとは、言えばいいだけだ。

一ヶ月には少々早いけれど、そろそろ、ぼくはおいとまします。加賀谷さんにぴったりな方を、ちゃんと見つけてあげられると思いますと。

それなのに、そんな日に限って加賀谷は仕事で遅くなるらしい。簡単なものでいいので、食事を作っておいてくれないかと連絡があった。

しばし、迷った。

彼が帰ってくる前に、置き手紙をして出て行くのが、一番差し障りのないやり方だろう。

それはわかっている。けれど、仕事で遅くなったときに、誰もいない部屋に帰ってきて、そんな手紙を読ませたくはない。

一宿一飯どころではない。一ヶ月弱の恩義があるのだ。

冷蔵庫を見て、簡単に、自分でもできそうなものを考えた。

ごくごく簡単なものしかできなかったが、ゴボウとニンジンのきんぴらにまぶすすりごまだけは、すり鉢でていねいに擂った。

しろさんが、うろんな表情でこちらを見ている。

「そんな顔、しないでよ」

そう言って、きんぴらを彼の前に置く。

帰ってきた加賀谷を出迎える。抱き合って、今日の無事と、再会できたことを喜び合う。

「求馬さんの作る食事に比べれば、お粗末ですが」

「とんでもない。嬉しいですよ」

そうして、彼は、ほんとうにおいしそうに食べてくれた。

「はー、今日は疲れたー」

そして、珍しいことに、食べ終わったとたんに、ソファに身を投げた。

「おいしかったなあ。特に、きんぴらがうまかった」

ぱっと、沢渡の顔が輝く。嬉しいな。これだけは、気合いを入れて作ったから。

「でしょう？　ゴボウとニンジンのきんぴら、ぼく、大好きなんですよ」

ちょいちょいと、加賀谷が沢渡を呼ぶ。

「なんですか？」

「手を、見せて下さい」

「手……？」

一体、なんだろうと思いながらも、ソファに横たわっている加賀谷の前に、自分の手を差し出す。片手を加賀谷がとった。

その指先は、さきほどゴボウを丁寧にささがきにしていたので、黒ずんでいる。

「すてきな手ですよね。俺のために食事を作ってくれた手です」

そこに、加賀谷はキスを落とした。

「う……！」

ずきりとした。甘い痛みだった。

手を外そうとするのだが、加賀谷はまるで駄々っ子のように、それを許さなかった。

「沢渡さん、聞いて下さい」

胸の鼓動が跳ね上がる。嬉しい予感がする。だからまずい。

おそれていたものが、やってこようとしている。

「いやです」


「お願い、だから」

切なげに加賀谷は眉根を寄せている。

「いやです、聞きたくない」

「沢渡さんの部屋の工事は、今日で終わりました。でも、俺は、沢渡さんといるのが、楽しくてたまらないんです。お願いです。俺と、お試しではなく、俺は、沢渡さんのことが、好きなんです」

そう言ってもらえて、胸が沸き立つ。

そう言われてしまって、失望する。

二つの思いに身体がどう反応していいのか、わからないでいる。

「俺のこと、嫌いですか？」

そう言われて、首を横に振ることしかできない。

嫌いなわけがない。好きだ。大好きだ。だから、困っているのだ。

加賀谷の顔が近づいてくる。

キス。

軽くふれただけのそのキスは、沢渡の身体を内側から震わせた。

「沢渡さん」

指が耳にかかる。自分が大好きな指だ。よく働く指だ。

「ふ……」

もっとさわって欲しい。もっとキスして欲しい。

再びのキスをされたときには、彼にもたれかからないようにするのが精一杯だった。

なんだか、泣けてきた。

おかしすぎて。

ずっと、自分は縁遠いと思っていた。ちょっといいなと思う男がいても、いつのまにか連絡が取れなくなってしまうのが常だった。

これほどに、ぴったりと心を添わせた相手は初めてで、でも、同時に決して不実な振る舞いはすまいと決意もしていた。

「あ、あの……」

沢渡の涙を見た加賀谷が、いまだかつてなかったほどに動揺している。

「加賀谷さん」

そっと手で彼にふれる。そうして、身体を離す。

「加賀谷さん、ぼく、ゲイなんですよ」

加賀谷は目をしばたたかせた。それから、ここでそれを告白した意味を考えているようだった。

はっとしたように、彼は言った。

「じゃあ」

違うのだ。そういう意味ではない。

「言わなくて、ごめんなさい。ちゃんと、断るべきでした」

加賀谷はいぶかしげな顔になる。

「加賀谷さん。もし、もしの話ですよ。ぼくが加賀谷さんのことを好きになったとします。そしたら、ぼく、ずるいですよね」

「そんなこと……！」

「ずるいですよ。職業上の倫理に反しますよ」

沢渡は、昔話を始める。どうしてなんだろう。涙が止まらない。

「ぼくの両親が交通事故で亡くなったと言いましたよね。そのときに、相手のトラックの運転手が、偽の証言をしたんで、めちゃくちゃ振り回されたんですよ」

当時の、強い決意が蘇る。

「ぼく、ずるい人にはなるまいって決めたんです。特に、仕事においては、誠実であろうと。ねえ、加賀谷さん。わかっていますか。ぼくたちがつきあうってことは、ぼくはゲイなのを隠して、加賀谷さんをチェックするという口実でこの家に入り込んで、お試し結婚なんて浮かれたことを言って、仲良くなって、たらし込んだってことになるんです。そうなっちゃうんです」

なに、泣いてるんだよ。まるで、自分がひどいことされたみたいに。なに、めそめそしてるんだよ。

「そんなふうに考えるのはやめてください」

加賀谷が苦しげにこちらを見ている。沢渡は涙を手の甲で拭いた。

「ぼく、なんで、もっと早くここから去っていかなかったんだろう。そうしたら、こんなにつらくなかったのに」

理由はわかっている。

「加賀谷さんといるのが楽しかったから。今まで出会った、どんな人よりも、ともにいて、自然と笑みがこぼれたから。だからです」

でも、だめだ。

「もし……――加賀谷さんがぼくのことを考えてくれているのだったら、お願いです。ここでお試し結婚は終わらせて下さい。ぼく、今度こそ、がんばります。加賀谷さんと、それから、加賀谷さんの大切なしろさんにふさわしいお相手をきっと、選びますから。協力して下さい」

沢渡は笑顔をなんとか作った。

「加賀谷さんのこと、このお試しでずいぶんとわかった気がします。今度こそ、うまくいきますよ。加賀谷さんの幸せのお手伝いを、させてください」

「沢渡さん、俺は……」

彼の唇に指を当てた。

「見送って下さい。ぼくがあなたに望むのは、それだけです」

その夜、沢渡は加賀谷家を出ていった。加賀谷は沢渡を止めなかった。数週間をともに暮らして、こうなったら決意を翻《ひるがえ》すような男ではないことを知りつくしていたのだろう。

ただ、どこか痛いような顔をしていた。

身体の深いところに、抜けないトゲがあるような、そんな表情だった。

「さようなら」

玄関のエレベーター前で、沢渡はそう言った。ズタボロな気持ちだったが、顔は笑みを作り出すことができた。こうすればいいのか。簡単だ。

「とっても、楽しかったです」

本心だった。

「こんなに、すてきな日々は、もうないと思います」

「俺が、どんなに頼んでも、行くんですよね。あなたは、そういう人だ」

そう言って、加賀谷はいつものように、沢渡の額にキスをしてくれた。お別れのキスだった。

「じゃあ、今度は、マリッジ・イナダで会いましょうね」

そう言って、沢渡は荷物を詰めたスーツケースを引きずって、エレベーターに乗った。

こうして、加賀谷と沢渡の「お試し結婚」は終了したのだった。

自分の家に帰るのは、久しぶりだった。

中に入ると、床は張り替えられ、水道管は新しいものになっていた。

「こんなんだっけ？」

加賀谷の家に比べれば小さな部屋は、ひどくわびしい。

「はは、楽しかったからな」

できたら、ずっと続けていきたかったくらいに。

「うん、もう、やめよう。考えるのは」

しばらく干していなくてじっとりとしたベッドに横たわって、沢渡は眼を閉じる。

なんでだろう。ここにはなにもないと感じる。

しろさんも、天蓋付きのベッドも。加賀谷も。

なにもない。

「くっ……」

胸の奥が痛い。

もしかして、加賀谷にもこれと同じ痛みを味わわせてしまったのだろうか。すまないと思う。

この痛みを知っている。これは、喪失の痛みだ。

愛するものと別れるつらさだ。

両親が亡くなって、それが実感できたときに襲ってきたのと似ている。今まで己を存分に満たしてくれていたものが、なくなったのだ。

「もう、過去は考えない！」

ただ、ただ、これからを考えよう。


加賀谷さんの相手にふさわしい人。

心のメモから拾い集めてみる。


「食べることが好きで、好き嫌いがない人」

「家事を、やる姿勢をみせられる人」

「仕事に理解がある人」

「エスニックが大丈夫な人」

「周囲を考えることに理解ある人」

「加賀谷さんの手が好きな人」

「しろさんと仲良くできる人」

「加賀谷さんを、ほんとうの笑顔にさせられる人」


それから、それから……――。

そのころ。

加賀谷は、自宅リビングのソファで一人、落ち込んでいた。

『なにを、やっているんだ？　おまえは』

足下のしろさんが、あきれたように、加賀谷を見上げている。

『珍しくおまえが気に入った人間だから、お膳立てしてやったのに』

しろさんの声に、加賀谷は飛び上がった。

「え？　しろさん？　そうなの？」

『水道事故が偶然だと思ったのか。おまえが願ったんだろう。ここに呼びたいと。手助けしてやったのだぞ』

「そうだけど、そんな……そんな……」

思わないじゃないか。こんなに、好きになってしまうなんて。

それに、ゲイだなんて、聞いてない。

自分が彼の恋心の範囲に入るなんて、知らなかった。

「最初から、知っていたら、もっと違う距離感と、口説《くど》き方と、接し方があったのに！　キスだって、ああいうのじゃなくて、もっと、ちゃんと、決めてみせたのに！」

『ほんとうに、そう、思っているのか？』

しろさんの声は、からかっているような軽さを含んでいた。

加賀谷は肩を落とす。

「むりだな。本人も言ってたもん。恋愛に至る可能性があったら、あの人のことだから、ぜったいに来ないよね」

だったら。

「そうしたら、チェックとか、そういうんじゃなくて。外で偶然会ったふりをして、遊びに誘ったりして、それで、徐々に仲良くなるってどうかな？」

うん、ない。

沢渡にとって、加賀谷はあくまで預かり物。どこかの誰かと結びつけるために奮闘しているのであって、友人になるためではない。やんわりと、だが、きっぱりと、お断りされたであろう。

「じゃあ、じゃあ、退会して、それで沢渡さんを口説いたとしたら？　俺も実はゲイなんだよねって言ったら？」

今まで交際した方たちを騙《だま》していたんですかって、怒髪天を衝《つ》く勢いで怒っているところしか想像できない。

どうしたって、ぜったいに『うん』なんて言ってくれないじゃん。最悪じゃん。

しろさんが、呑気《のんき》な声で言った。

『まあ、気にするな。人間など、星の数ほどいるのだ。また、気に入る相手を探せばいいだろう。おまえなら、いくらでも寄ってくるだろう。男でも、女でも』

そうして、しろさんは長くて太い、自慢の尻尾で加賀谷のふくらはぎを叩いた。

「そんなわけ、ないじゃない」

少し前までは、誰でも同じだった。だが、今の加賀谷はわかっている。沢渡と同じ人なんて、いはしない。

「沢渡さんは、そんなんじゃないよ。しろさん、沢渡さんは一人だけだよ。ほかの誰といても、沢渡さんみたいに、ならないよ」

あの人みたいに、いると自然と微笑んでしまう存在はない。

『なるほど』

しろは、笑っているような気がした。目を細めて、口元が横に伸びている。ひげが震えていた。

『それが、「愛」というものなのだろうな。私が分けてもらっているものだ』

思い返す。

結婚相談所に通っていたころ。

ぷりぷり怒りながらも、次の相手を探してくれて。

いい人なんだなとは思っていた。仕事熱心で、まじめで。

「沢渡さん、また、だめでしたー」

「加賀谷さん。これで何人目ですか。……わかりました。次を探しましょう」

睫毛《まつげ》が長いな。色素が薄い。

唇がふっくらしてる。

指輪をしている。ということは、既婚者なのか。

そうして。

「独身なんです」

そう言われたあのとき、どうして、あんなに嬉しかったんだろう。

ずっと前から、あなたのことを好ましく思っていた。ともに暮らすようになってその思いを強くした。

きりっとしている彼が、自分の前で、くだけているところを見るのは、ほんとうに楽しいことだった。風呂上がりの彼の髪を乾かしてやることや、おいしい味噌汁を作って飲んでもらったり、お弁当がおいしかったと報告を受けたり。

そういうことが、とても、大切だった。

楽しかったんだ。

沢渡といると、自分は笑っている。いつも、にこにこしていた。

「あのまま、さよならしたほうがよかったのかな。まだ、可能性が残っていたかかな」

ソファで、したキス。

もっと彼を強く抱きしめたい気持ちを、この関係を不動のものにしたい欲求を、止めることができなかった。

「ねえ、しろさん。俺、沢渡さんのことが、好きなんだ。沢渡さんだけしか欲しくないんだ」

『ふむ』

しろさんは、否定しなかった。

自分たちは愛し合っている。

自分の伴侶としたいのは、彼だけだ。

これまで生きてきて、一度として、彼のような人にはお目にかからなかった。これからも、いないだろう。

「俺は、こんなに好きになってしまったんだからしょうがないって思う。違約金を払えってマリッジ・イナダに言われたら、払う」

だけど、それじゃ、だめなんだ。

「沢渡さんが承知できないと、意味がないんだよ」

マリッジ・イナダの社長から社長室に呼び出され、沢渡は叱責を受けた。

「もう、加賀谷さんの件、どうなってるのよ。報告書でもぜんぜん、進展が見られないじゃない」

「申し訳ありませんでした」

さすがにここ数週間、彼と「お試し結婚チェック」をしていたので、進展していませんとは、口にできない。

「でも、加賀谷さんの好み、伴侶に求めるものは、把握できたと思っています」

「あら、そう?」

「はい。お任せ下さい。今までの私とは違います。必ずや、加賀谷さんを成婚に導いてみせます」

「まあ、そこまで言うなら、お願いするけど。うちのエースなんだから、ばしっと決めてよ。成婚率百パーセントを維持するためにも」

「承知しています。それで、お願いがあるんですが……――」

百瀬はひょこっと沢渡の部屋に入ってきた。

「沢渡さん、用事ってなんですか。仕事で俺を呼び出すなんて、珍しい」

「頼みがあるんだ」

沢渡は、話し始めた。

「加賀谷さんの成婚、あと一ヶ月の間に決めたいと思っているんだ。それで、相手を選ぶのを、手伝ってもらえないかな」

百瀬は眉がぴくっと動くのを感じた。

沢渡が加賀谷と同居して、それを満喫していたのは、つい最近のことだ。

おそらく、同居は解消されたのであろう。沢渡が弁当を持ってくることがなくなったり、出勤のときにまた会うようになったり、なによりも——本人は気がついていないのかもしれないが——、彼がまとう雰囲気がふわふわしたものから、ぎすぎすしたものに変わったので、見当はついていた。

「いいんですか？」

「何が？」

沢渡の顔に微笑みが張り付いている。人は、弱みを見せまいとするときには、このように擬態するのだと、彼の顔を見ながら思った。

「お人好《ひとよ》しすぎないですか？」

片思いだったのか、それ以上の何かがあったのかはわからないが、少なくとも好意を持っていた相手に伴侶を選ぶなんて、自分だったらとてもできない。

「どうして？」

「つらく、ないんですか？」

「そんなわけ、ないじゃない。加賀谷さんはいい人だよ。お試しで同居していたぼくが言うんだから、間違いない。だから、めいっぱい、幸せになって欲しい。そのお手伝いができるなら、嬉しいよ」

沢渡が嘘を言っているとは思わないが、むりをしているようには見えた。

「意地を張っても、しょうがないんじゃないですか」

ままならない、男女の恋のもつれを、山ほど見てきた百瀬にとっては、互いに想い合っているというのに、わざと退ける気持ちがまるでわからない。

惚《ほ》れたんだったらしょうがない。

それが、百瀬のスタンスだ。

だが、沢渡はそれとは違う生き方を選んでいる。

「お客様に、手を出すような、だらしないことはしないよ」

だらしないもなにもないだろう。

惚れた相手を我がものにするために、持てるすべてを使うもんだろう。

とは思ったのだが、沢渡が意見を翻《ひるがえ》すとは思えず、渋々承諾した。

「わかりました。で、なにをすればいいんですか？」

「社長にお願いして、加賀谷さんのお相手の検索範囲を、うちの提携会社だけじゃなく、全国仲人連盟ネットに広げてもらったんだ。百瀬くんがそこで、これと思ったのがあったら、プロフィール・シートを持ってきてくれないかな。ぼくも探すけど、二人でやったほうが早いでしょ」

いやあ、それって何人になるんだ……。

「プロフィール・シートを持ってきてくれれば、選別はぼくのほうでやるよ」

「例の、特殊技能を使うんですね？　でも、言っちゃなんですけど、通常業務に加えてそれって、俺になんのメリットもないっすよね？」

「成婚料は年収の一割。そこからアドバイザーの特別報奨金が出るよね。百瀬くんの持ってきてくれたプロフィール・シートから加賀谷さんの伴侶が見つかった場合、それを全額、百瀬くんに献上するよ」

「う、え……？」

ざっくり計算したのだが、ものすごい額になることは確かだ。

「ほんとですか？　あとでなしだとか言わないですよね？」

「言わないよ。信じてもらっていい。なんなら、一筆書いてもいいよ」

「信用してますけど……。それじゃ、沢渡さんにメリットがあまりにもなくないですか？」

ふっと沢渡は笑った。

「百瀬くんは、さっき、ぼくのことを意地っ張りだって言ったよね。意地を張るために、それだけのことをしたがる人間なんだよ、ぼくは。加賀谷さんにいい結婚をしてもらうためなら、それぐらい、安いもんなんだよ」

「……いいんですね？　後悔しないですね？」

「しないよ」

人間が、理屈で動けるなら、もっと世の中、単純になっているというのに。そう、百瀬は思うのだった。

ぐだぐだ言っていた割に、百瀬がプロフィール・シートの束を持ってきたのは、翌日だった。

「早かったね」

百瀬はにやっと笑った。

「優秀なんでね。俺、わりと自信ありますよ」

「それは、頼もしいな」

「忘れないで下さいよ。報奨金の件。俺、もうちょっと広いところに引っ越したいんで、金があるとありがたいんですよ」

「うん。見つかったら、渡すから」

百瀬は束から手を離そうとしなかった。

「なに?」

百瀬は沢渡を見つめてきた。

「沢渡さん。プロフィール・シートでこれって思う人を見つけたら、必ず、加賀谷さんに連絡して下さいよ」

「あたりまえだろ」

「私情で連絡しないってことはなしですよ」

「しないよ」

「ですよね。沢渡さんは、そんな職業倫理にもとることは、しない男ですよね。約束ですよ」

「うん」

しつこく念を押したうえで、百瀬はプロフィール・シートを渡してくれた。

「さーってと」

何百枚あるのだろう。補助デスクの上を片付けると、まずは、加賀谷のシートを確認する。

相手の条件は「なし」。備考欄に一つだけ。「うちの飼い猫のしろさんと仲良くしてくれること」。

そんなそっけない身上書を読むだけでも、加賀谷の微笑む顔や、この髪をすいてくれた指や、かわした会話を思い出して、胸の奥が甘く痛む。

「これって、ぼくの、わがままなのかな」

一瞬、そんな考えが湧いた。

「いや、図々しいな。そんなわけがないだろ。加賀谷さんには、ぼくなんかより、もっとずっといい人がいる」


加賀谷さんの相手にふさわしい人。


「食べることが好きで、好き嫌いがない人」

「家事を、やる姿勢をみせられる人」

「仕事に理解がある人」

「エスニックが大丈夫な人」

「周囲を考えることに理解ある人」

「加賀谷さんの手が好きな人」

「しろさんと仲良くできる人」

「加賀谷さんを、ほんとうの笑顔にさせられる人」


風もないのに、プロフィール・シートが宙に舞った。

気のせいだと思おうとした。だが、違う。一枚だけ、浮き上がっていた。それどころか、ぴかぴかと光って見えた。

「あ！」

「──いた……」

そんな相手なんて、いるはずがないと、どこかでは思っていた。見つけると口では言いながら、この一年いなかったものが、どうにかなるものではないと、たかをくくっていた。

プロフィール・シートは、裏返しのまま、床に落ちている。

拾いたくない。

沢渡は自分のこの能力を信じていた。

これで結ばれたら、加賀谷はその相手を気に入るのに違いないのだ。

チクチク、チクチク、なんだか突き刺さるけど。

胸の奥が、めちゃくちゃ痛いんだけど。

でも、やるったら、やる！

ふーっと息を吐くと、プロフィール・シートを裏返した。

「あ……」

そこにあったのは、自分のプロフィールだった。

「なにやってんだよ」

この数十秒の間の、自分の気分の浮き沈みを、返して欲しい。

血圧だって、急激に上がって下がって、きっとたいへんだったんだから。

「なんで、これを混ぜたんだよ」

言ってから、これがわざとであることに気がついた。

社員のプロフィール・シートは、入社したときに会員の気持ちになるために、書かせられるもので、会員のデータとはまったく違う場所に保存してある。「わざわざ」見つけて、引っ張ってこなければ、決して出力されないものだ。

百瀬に文句を言おうと部屋を出かけたが、そこで思いとどまった。

「百瀬は、わかってたんだ」

だから、あんなに自信満々だったんだ。

「ぼく……」

加賀谷の伴侶たるプロフィール・シートを見つけたときには、まさか、と思った。そして、表を見て、やっぱりって思った。

――やっぱり？

じゃあ、自分はわかっていたことになる。

あの、難しい条件をクリアできるのは、世界で自分一人なんだってこと。加賀谷を幸せにできるのは己だけなんだってこと。

――見つけたら、必ず、加賀谷さんに連絡して下さいよ。

そう、百瀬と約束したのだ。

あの、勝ち誇った顔を思い出すと、苦笑するしかない。

そして、自分はそれに「する」と力強く返答したのだ。その、職業倫理に従って。

「でもなあ」

連絡しようと思ったのだけれど、なんて言えばいいのか、わからない。いつの間にか、加賀谷の家の前まで、来てしまった。

「……」

どうしよう。どうしたら、いいんだろう。

考えて、マンションを見上げる。

「あ、れ……？」

おかしいな。

夕暮れ時。

晴れているのに。

けれど、あそこだけ。加賀谷の家の中庭にだけ、大雨が降っている。そして、ここにいても、かすかに聞こえてくるのは雷鳴だろうか。ためらっている場合ではない。沢渡は加賀谷に電話をかけた。

彼が、家にいるのであれば、何の問題もない。

「加賀谷さん？」

『そうです。沢渡さん？』

「はい。あの。つかぬことをうかがいますが、今、ご自宅ですか？」

『……』

加賀谷は押し黙った。その間にも、雷は鳴り続けている。

「……？」

沢渡は、強めの声で言った。

「怒りませんから、正直に言って下さい。加賀谷さんは、今、どこにいるんでしょうか」

渋々というように、彼は言った。

『あなたの、家の前です。こっそり隠れて、帰るのを待っています』

「なにしてるんですか」

『もう一度、話しあいたかったんですよ。でも、沢渡さんがいっこうに帰ってこないから』

「ぼくは今、加賀谷さんのマンションの下にいます。ということは、家にいないんですね。気になる……」

『どうしました？』

あの場所には、めったに人を入れないようだった。そして、中庭はしろさんの場所で。あそこに入ったら、しろさんは怒るんだ。

「中庭に、大雨が降っています」

沢渡は、まだ加賀谷の部屋の鍵《かぎ》を持っていた。

「しろさんが心配なので、見に行きます」

『待って、沢渡さん！　待って下さい。配下の者を手配します。だから、俺が行くまで……』

加賀谷が引き止めているのはわかったが、心配でたまらなかった。

しろさんが神さまかどうかなんて、今の沢渡には、どうでもいいことだった。そんなことよりも肝心なのは、しろさんは加賀谷の大切な家族であるということ、しろさんがいたいけな小さな生き物であるということだった。しろさんがいやがることをするなんて、たとえそれがだれであれ、許せなかった。

「なにか、武器を」

考えた末、魔王のパン屋に頼み込んで、パンを取り出すときに使う、大きなスコップのようなものを貸してもらった。それを片手に、加賀谷の部屋に辿《たど》り着く。エレベーターのドアが開いてすぐ、異変に気がついた。リビングが泥だらけだった。靴跡がいくつもついている。

「……加賀谷さんがいつもきれいにしているのに」

かーっと頭に血が上った。靴を脱いで手に持つと、リビングを横切って行く。

ソファの前で沢渡は、靴下のつま先で赤いリボンをつっかけた。屈《かが》んでそれをつまみ上げ、確認する。

「これ……」

間違いなかった。それは、沢渡がしろさんの首に結んでやった赤いリボンだった。

しろさんの身に何かあったのだ。

沢渡は、スコップを片手に、中庭に下りていった。

「しろさん！」

大雨が降り、雷鳴がとどろく。

しろさん。小さなしろさん。

これがしろさんが降らせているのだとしたら、どんなにか怯《おび》えていやがっているのに違いないのだ。

かすかに血の匂いがしていた。

「しろさん……！」

どうしよう。あの子猫がぐったりと横たわっていたら。

がさがさと沈丁花《じんちょうげ》の茂みを掻《か》き分けて奥に進むと、ほこらがあった。その前に、だれかが倒れている。男だ。

「た、助け……」

男がうめき、這《は》い寄ってくる。稲光で、男の顔がわかった。いつかのスポーツクラブで会った。加賀谷の親戚だ。

彼は、顔に怪我《けが》をしているようだった。

「どうしました？　しろさんは？」

男は、背後を指さす。稲光。

そこにいたのは、白い虎だった。

「ひ……！」

見事な白虎《びゃっこ》が、金色の目でこちらを見ている。

かくんと足が崩れた。腰が抜けたらしい。

男が情けない悲鳴を上げて、走り出す。見かけの割には、軽傷だったらしい。

白い虎は、身を低くすると、決まり悪そうにこちらをうかがっている。飛びかかってくる様子は見えない。

むしろ、下手に動いて、沢渡を驚かせないように気を遣っているように思えた。

「もしかして、しろさん……？」

そう、声をかけると、にゃーんと声が返る。

雨がやんだ。今までが嘘のように、涼しい風が吹き始めた。

「おいで」

ゴロゴロと喉を鳴らして、しろさんが膝にその頭をのせてくる。子猫とは違って、ずっしりした重さがある。だが、毛並みには覚えがある。

「しろさん、こんなに立派になって……」

無事でよかった。

沢渡は、放心したようにしろさんを撫で続けていた。

どれだけ、そうしていたのだろう。加賀谷が飛び込んできた。

「沢渡さん！　しろさん！」

しろさんは、鼻を加賀谷に押しつけた。それを撫でつつ、沢渡に確認する。

「沢渡さん、怪我は？」

「へ、平気です。腰が抜けただけ。もう、立てます」

「よかった……」

加賀谷にぎゅっと抱きしめられる。

「ふ、ふわ……」

加賀谷の心臓の音が響いてくる。心配してくれていたのだろう。

どうしよう。これは。自分も抱き返すべきか。手を上げる。下げる。手を上げる。下げる。

――うわあああ、どうしよう……！

悩んでいるうちに、自分の心臓の音も、どんどん大きくなっていく。手は中途半端に、あげたまま、沢渡は言った。

「ぼくも、よかったです。また、加賀谷さんに会えて」

「沢渡さん、風邪引いちゃう！」

加賀谷は、慌てて身を離した。

「シャワー浴びて！　その間に片付けておくから」

「しろさんも」

「今の大きさのしろさんは、風呂場に入らないよ。それに、すぐに乾くから、大丈夫。自分の心配をして」

そう言われたので、おとなしく風呂場に行った。

頭から湯を浴びて出ると、自分がこの家に残していった服が、畳まれてあった。それに着替えると、すっかりとまた、この家の人間になった気がする。あんなに、すごい決心をして、この家を出て行ったのに、再びなじむのは一瞬だ。

——しょうがないよね。

自分はこの場所を、加賀谷を、愛している。なにかを愛するというのは、それを自分の中に入れてしまうことだ。愛するなにかを、常に気にかけ、ともにあるということだ。

リビングは、加賀谷の手によって、あらかたきれいになっていた。

おおおおーっと感心する。いつも、加賀谷といっしょにいたときに感じた、あの感覚が戻ってきていた。

「加賀谷さん、さすがです」

「さあ、おいで」

加賀谷が、ドライヤー片手に待ち受けていた。

「孝さん、髪を乾かしてあげる」

おとなしく、ソファに座って、彼に髪を乾かしてもらう。虎の姿のしろさんが、くたびれたように、足下に寝転んでいる。

「なにがあったんですか？」

「おじは配下の者が捕らえました。本宅で手当てと同時に取り調べてもらってます」

「配下。本宅」

加賀谷には、まだまだ自分が知らないことがあるようだ。

「うん。ここは、言わば、ほこらの付属施設みたいなものだからね。管理小屋って言えば、一番近いかな」

「えー」

自分の知っている小屋とは、概念が違う。

「おじさん、俺と沢渡さんが結婚するって思い込んだんだよ。ほら、そうなると、自分の娘との結婚はなしでしょ？」

「そうですね」

「本家になりたいおじさんは、だったら、しろさんを盗み出して、自分のところに持ってくればいいって考えたんだ」

「ひどい！」

立ち上がりかけて、加賀谷に肩を押さえられた。

「まだだよ、沢渡さん」

「しろさんは、そういうんじゃないのに」

『まったくだ』

声がしたので、「しろさん……？」と、問いかける。

「しゃべってる」

『さよう』

「話した！　ねえ、今、しろさん、話しましたよ？　加賀谷さん」

『うん。しろさんだからね』

「すごい、すごいですね。ほんとに、神さまだったんですね！」

『この姿であれば、求馬だけでなく、そなたと話すことも可能。じきに、それも終わるがな』

「終わるって、どういう意味？」

『私は、まだ若い神なので、この姿でいられる時間は短い。あの者が、私に不埒《ふらち》を働き、ここから連れ去ろうとしたので、変化《へんげ》したまで』

虎が片目をあける。

少し、ひげを震わせて笑ったような気がした。

『また会えて、嬉しいぞ』

「うん、ぼくもだよ。しろさん」

しろさんは、みるみるうちに、また元の大きさになった。

「しろさんが無事でよかった」

「……沢渡さん」

ドライヤーのスイッチを切った加賀谷が、声のトーンを落とした。

「このまえは、俺が、悪かったです。すみませんでした」

なに？

なにに対して、謝っているの？

「俺は、不誠実でした。あなたに俺をチェックしてもらうために、『お試し結婚』しましょうなんて、言ったけれど、たぶん、あなたじゃなきゃ、同居したいなんて思わなかった。きっと、俺は元からあなたが好きだったんだと思います。だけど、言い訳させてもらえるなら、最初は明確には気がついていなかったんです」

正面のガラスに映った彼の顔は真剣そのもので、沢渡は黙って続きの言葉を待っていた。

「そして、お試し結婚生活の中で、いっそう、あなたのことを好きになりました。あなたといると、俺は楽しい。どうしようもなく、嬉しくなって、毎日、笑って過ごしていた気がします。あなたじゃなきゃ、だめなんです」

「プロフィール・シート」

そうだった。プロフィール・シートを持ってきていたんだった。

立ち上がって、床に放り出していたビジネスバッグを拾った。中から、一枚の紙を取り出す。

加賀谷に向き合う。

「沢渡さん……？」

「ぼくは、やりましたよ。加賀谷さんにぴったりの相手を、ちゃんと見つけたんです」

「また、そういうことを」

「ぼくの、お墨付きです。浮き上がったうえ、ものすごい、輝いて見えましたから」

「俺は……」

「はい。見るだけ、見て下さい」

沢渡がにこにこして差し出したので、なにか感じたのだろう。加賀谷は、そのプロフィール・シートを受け取った。一目見て、口元がほころぶ。

「これ……」

「入社時に、それこそお試しで書かされたぼくのプロフィールです。同僚が、わざわざ探して、プリントアウトしてくれました。どうですか」

加賀谷は、そのプロフィール・シートを逆に、沢渡に見えるように向きを変えると、言った。

「すごく、すてきな方だと思います。交際を……――いえ、それは、もうお試ししているので、結婚を前提にお願いします」

加賀谷が、心配そうに付け加えた。

「これで、沢渡さんは、ちゃんとお仕事をしたことになりますよね？」

そう、このプロフィールは、ちゃんとデータとして、登録してあった。百瀬は心得ている。

マリッジ・イナダの成婚は、籍を入れるだけではない。事実婚も含まれるのだ。

「すごい屁理屈の後づけですよね」

「う……」

だけど、屁理屈だって理屈だ。

自分の仕事はプレミアム・マリッジ・アドバイザー。お相手を幸せなご成婚に導くこと。

その相手がマリッジ・イナダに登録されているなら、問題ない。そして、彼の相手は自分。

「おめでとうございます。ご成婚です」

加賀谷が、沢渡を抱きしめてきた。抱きしめ返そうとしたら、そのまま持ち上げられた。

お姫様だっこというやつだ。

「やったー！」

「危ない、危ないですよ」

「苦闘、一年一ヶ月。五十一人目にして、俺は理想の伴侶に巡り会いましたよ」

そのまま加賀谷は、くるくると回った。

「食べることが好きで、好き嫌いがない人」
「家事を、やる姿勢をみせられる人」
「仕事に理解がある人」
「エスニックが大丈夫な人」
「周囲を考えることに理解ある人」
「加賀谷さんの手が好きな人」
「しろさんと仲良くできる人」
「加賀谷さんを、ほんとうの笑顔にさせられる人」

それは、ぼく。沢渡孝。それ以外はあり得ない。

床に下ろされる。ゆっくりと加賀谷の唇が、近づいてきた。
どきっ、どきっ、と、自分の心臓の音がする。唇が重なった。
ここから始まる、未来を誓う、口づけだった。

社長には、渋い顔をされた。今後、社員がわざと上客を狙うなどということがあったら、たまらない。おおっぴらにはしないようにと釘《くぎ》を刺された。

が、同時に「おめでとう。よかったわね。玉の輿だわ」とも言われた。

加賀谷と、そして自分も、きちんと、規定の成婚料を支払ったせいも多分にあるだろう。プレミアム・アドバイザーである沢渡が、ふたたび成婚率百パーセントを勝ち得たのも追い風になっただろう。


百瀬は、難なく報奨金をゲットできたので、ほくほく顔をしていた。

「まあ、よかったんじゃないですか。人間、落ちつくところに落ちつくのが一番ですよ」

「だね。でも、やっぱり、お客さんとは一線を引かないとだめだとは思うよ」

「まったく、お堅いんだからー。で、結婚式はするんですか？」

「うん。加賀谷の神前式でね。で、そのときには、百瀬くんと、あと、いやじゃなかったら、彼女さんにも来て欲しいんだ」

「えー。沢渡さん、友達いないんですか？　俺でいいんですか？」

百瀬はそんなことを言ったけれど、沢渡が「ぼくは、親戚らしい親戚もいないしね。社長には出てもらうことにした。あとは、百瀬くんに来て欲しい。ぼくたちを結んでくれた人だから」とさらに言えば、「え、そうですか。だったら、お邪魔しますけど。すごい豪華なんじゃないでしょうね」とまんざらでもない返事をしてくれた。

「うん、大丈夫。外向けの式は、正式な結婚が認められてからにするつもりだから。今はまだ、事実婚だからね。今回は、ごく身内だけだって」

結婚式の日が楽しみだな。

その日はきっと、晴れることだろう。

「当結婚相談所にようこそ。条件に合った、ともに長く暮らしていけるお相手をお探ししま す。ちなみに、私の担当したお客様は、成婚率百パーセントなんですよ。ええ、ほんとうで す。ですから、どうか、おまかせください。え、この指輪ですか。ええ、私はもう……。つ い、先月です。私にはもったいない、すてきな人です。ああ、すみません。のろけてしまい ましたね。それでは、登録のご説明を……」

不動産王と本気の恋最中です

ほんとうに互いの気持ちが通じ合って、自分たちは愛し合っている、それでいいんだって思えた日。自分は、あのソファで、加賀谷《かがや》さんにもたれかかって眠ってしまったんだ。

朝になって日が差し込んできて、起こされたときにはびっくりしたけれど、最高に幸せだった。二人とも、けっこう髪がボサボサになっていて、笑えてしまったっけ。

加賀谷が沢渡《さわたり》の髪を弄《いじ》りながら、「いつ、引っ越してくる?」なんて聞いてきた。いつでも、と言いたいところだったけれど、色々、会社に報告しなくちゃならないことはあるし、だいたい、そうなると、元のところを引き払うことになる。その諸々《もろもろ》の手続きが必要なので、あと二週間ほどはと言うと、「そうしたら、また孝《たかし》さんと住めるんだね」と言われたので「はい」と答えた。

「楽しみです」

「ぼくもです」

そう言って、二人で目を見交わしていると、庭から、たいそうに情けない、しろさんの声がしてきて「ああ、ごめんね」と言いながら、加賀谷が立ち上がった。

ざっくりと顔と手を洗ってから、庭に出て、しろさんのほこらに行く。

「昨日は、あんまりよく見えなかったけれど、ほんとに小さなほこらなんですね」

かなり古いものであるけれど、ていねいに扱われていることがわかる。それは、加賀谷の古い時計に似て、何回も補修され、手入れされ、日々、大切に扱われている。

そうして、その仲間になってもいいよと言われたのが、とてつもなく、嬉《うれ》しく、誇らしくなった。

楽しくなって、沢渡は笑ってしまった。

「うふふ」

用意されていた御神酒《おみき》と水とお茶とを供え、今日は和菓子を置く。出てきたしろさんは、前足でちょいちょいといじっていたかと思うと、ぱくりと一口で食べてしまった。実際は、霊力で取り込んだとか、そういう言い方が一番ふさわしいのだろうけれど、沢渡の目には、吸い込んだように見えた。

「しろさん、よく食べるねえ」

加賀谷も、すごく嬉しそうな顔をしていた。

たんたか、たんたか。

沢渡はリムジンに乗っていた。

たんたか、たんたか。

実際には、そんなエンジン音はしていない。それは、わかっている。

今、ぼく、沢渡孝は、現実逃避をしています。

たんたか、たんたか。

だって、しょうがないじゃないですか。目の前にいるのは加賀谷家当主、加賀谷求馬《もとめ》。沢渡の婚約者。

その膝に乗って、目を閉じているのがしろさん。加賀谷の家の守り神。でも、傍目《はため》には完全に可愛い子猫。

で、今、自分たちは車の中で、向かい合って座っているわけだけど。

リムジン。

庶民出身の沢渡にとって、リムジンとは、国際空港に向かう、大型で高速道路を走行する、あのバスのことだ。決して、後部座席に向かい合わせの革張りソファがある、運転手つきの高級車のことではない。窓の外では「なにごとか」と、歩行者やほかの車に乗っている人たちが、こちらを見ている。中は見えない作りなのは理解しているのに、身を縮こませてしまう。

加賀谷は、そんな沢渡を気遣ってくれ、「なにか飲む?」なんて、聞いてくれる。

「はあ、いらないです」

上の空で返事をする。

「シャンパンが冷えてるよ。ああ、でも、まだ昼間だもんね」

「そうですね」

問題はそこじゃない気がする。でも、おそらく、当主である加賀谷にとっては、このリムジンも麻布《あざぶ》のマンションと同じく、日常の一コマであり、よくある光景なんだろうなあ、なんて、ひがむでもなく思ったりする。

しろさんが難しい顔をしている。

「しろさん、あそこから出ることができたんですね」

中庭に固執していたから、てっきり、結界かなんかあって、マンションからは出られないのかと考えていたのだ。

「うん。しろさんは、外があんまり、好きじゃないんだけどね。大きな樹木も減っているし、人が騒がしいらしくて。だけど、ほら、今日は特別だから」

加賀谷はそう言った。

「特別って言うのは、やっぱり、あれですかね。ぼくたちの——……、その、あれ」

口にするのが、まだ、恥ずかしい。

「うん、そう。本宅に婚約の報告に行くからね」

そう言って、加賀谷はなだめるように、膝上のしろさんを撫《な》でた。

「そっか。しろさん、苦手なのに、出てきてくれて、ありがとうね」

そう言って沢渡は、前に屈《かが》んで、しろさんの頭を撫でた。その沢渡の頭を加賀谷が撫でてくれる。

「あ、ああ……」

いつだって、加賀谷の撫で撫では最高に気持ちいい。自分が猫だったら、ごろごろと喉を鳴らしたくなる。今の、しろさんみたいに。

しろさんは、加賀谷に撫でられて、うっとりした顔をしている。

自分は、沢渡に撫でられて、夢見心地だ。

加賀谷が、沢渡を呼んだ。

「隣においで、……孝」

「孝」呼び。これは、すごく、いい！

結婚の約束をしてからこっち、加賀谷はときどき、こうして自分のことを「孝」と、呼んでくれることがある。しかも、そのときだけは、ちょっぴり頬を染めて照れていたりするのだ。その顔が、最高にいい！

思わず、沢渡はキュンキュンしてしまう。

いいのだ。

いくらでも、キュンキュンしていいのだ。

今までのように、打ち消さなくてもかまわないのだ。彼の許嫁《いいなずけ》なのだから。

許嫁、最高！

「はい、求馬さん」

とってもいい返事をして、沢渡はご機嫌で、彼の隣に座る。そして、再び存分に撫でてもらった。

しろさんが、ふしぎそうに、こちらを見ている。

「ん、どうしたの、しろさん」

子猫のときのしろさんは、加賀谷以外と話すことはできない。だが、最近では、沢渡はかなりその表情を読むことができるようになってきていた。

今、しろさんは、怪訝《けげん》そうだ。

「ああ。しろさんが、孝さんは自分が恐《こわ》くないのかって聞いてる」

「恐い？　こんなに、可愛いのに？」

「このまえ、白虎《びゃっこ》の姿を見たでしょう？」

んーとと、沢渡は考える。

「例えば、大きい車に乗ると、性格が変わる人がいるじゃないですか」

まあ、うちの社長なんですけど。

「そういうのだったら、恐いですけど、しろさんは、虎でも神さまでも子猫でも、しろさんだから、恐くはないです。むしろ、虎の姿は、かっこいい、かな」

「ふふふ」

加賀谷が、なにがおかしいのか、笑った。

「え、なんですか、どうしました、加賀谷さん」

「孝さんは、なんですか、いいですねえ。ほんとに、いいなあ。さすがは、俺が選んだ人だなあ」

そう言って、加賀谷は思いきり沢渡のことを抱きしめてきた。沢渡の膝の上には、しろさんがいる。

「だめですよ、求馬さん、しろさん、しろさんが潰れちゃう」

たんたか、たんたか。

リムジンは走っていく。


そして、着いた先が、ここである。

しろさんのすみかである中庭の森、麻布のマンションからリムジンで数十分。高級住宅地で知られる街に、こんな桁《けた》外れの門構えの屋敷があっていいものだろうか。両開きの門が開いて、車は中に入っていく。

「こっちの正門が開くのは、しろさんが一緒のときだけなんだよ」

加賀谷が、そう教えてくれた。

「ふ、ふーん」

驚きのあまり、答えがおかしくなっている沢渡である。

あの、麻布のマンション……──あれだけでも、エグゼクティブでラグジュアリーでゴージャスだと思うんだけど、それに輪をかけてすごい。

こんなことを言うのはなんなんだけど、加賀谷をどうにかしても、財産が欲しいって思った人の気持ちがわかってしまうー！

ここはいったいどこなのだろうか。マンション群が、大木の梢の向こうに見えている。

昔の雑木林みたいな。

古い神社みたいな。

窓をあけると、木々の出す香りが漂ってくる。加賀谷のマンションと同じ匂《にお》いだ。

「昔、村のほこらの周囲に植わっている樹木を、だいぶこちらに移植したそうだよ」

「こちらが本宅なんですか」

「一応ね。でも、しろさんを大切にするのが、当主の仕事だから、最近では麻布で暮らしているね。昔は、こちらに世話になったけど」

「求馬さんの、ご家族みたいなものですね。じゃあ、きちんとご報告しないとですね」

大きな日本家屋が、ようやく見えてきた。

玄関前に、リムジンが横付けされる。運転手にドアをあけてもらい、降り立った。

今日は、加賀谷に仕立ててもらったスーツを着ているのだ。肩幅もえりゆきもぴったりなのだし、シャツとネクタイも合っていることを確認している。

平気、平気。

そう、自分に言い聞かせてみるのだが、足がすくんで動かない。

加賀谷は車を降りると、片手にしろさんを抱き上げ、もう片方の手を沢渡に差し出した。

「行こうか」

臆するなというほうが無茶だ。びびるに決まっている。

でも、ここで立ち止まっていても、いっこうに話が進まない。呼吸を整えて、なんとか歩きだす。

がんばれ、ぼくの足。叱咤《しった》激励して、加賀谷にそっと引かれるようにして、広大な玄関に向かって、果敢に挑んでいった。

「ただいま、帰った」

加賀谷が声をかけると、両開きの扉が開く。

中の、車ごと入れそうな玄関ホールでは、ずらりと、人がひしめいていた。

執事やメイド風のそのかっこうから、ここで働いている人たちなのだと見当をつける。こういうの、テレビドラマで見たことがある。

そんなことを思いつつ、一行は挨拶を受ける。

「お帰りなさいませ、ユキシロカミノミコト様、求馬様」

「お帰りなさいませ」

うん？

「ユキシロカミノミコトって、もしかして、しろさんのこと？」

「その通りです。うん、しろさんが『我が母が、私を産んだそのときには、まっしろな雪が降ったという。その中、白虎の私が生まれたゆえ、名づけられたのだ』って、胸を張って言ってます」

その光景が見えるような気がした。

しろさんは、鼻を上に突き出して、得意そうなポーズを取っている。

「すごく、いい名前だねえ。しろさんっぽくて、かっこいい」

そう、しろさんに話しかけると、一同が動揺したのが伝わってきた。

「ぼく、なにか、しちゃった？」

「気にしないで、いいよ。ただ、しろさんは畏《おそ》れ多い存在だって、本宅では思われているから、親しそうなのに、驚いただけ」

「気安かったかな。気をつけるね」

「なに言ってるの。孝さんは、俺の家族じゃないか」

そこに至って、今度は、一同は沢渡のほうを向いて、礼をした。

こんな大勢にお辞儀をされたのは、たまたま、朝一番に百貨店に入ったとき以来だ。

「ようこそ、加賀谷家本宅にいらっしゃいませ、沢渡様」

「ようこそ、いらっしゃいませ、お嫁様」

「お嫁様って、ぼくのこと？」と、動揺しているうちに、長い廊下を歩いて、大広間に案内された。

「ご親戚一同、お揃《そろ》いです」

その、大広間というのがまた、凄かった。百畳はあって、障子が開け放たれ、庭が見えている。大広間には、だーっと人が並んで座っていて、上座中央にしろさん、その両脇に、加賀谷と自分が座った。

下座がかすんで見える。

ちょこなんと、しろさんは、紫色の座布団の上に座っている。

「猫？」

「子猫？」

「ほんとに、ユキシロカミノミコト？」

ざわざわとささやく声がする。

こんなんでいいのかな。

沢渡でもわかる。しろさんが、たいそうに、お気を悪くなさっている。

猫じゃない。おまえらの守護神だぞ。

きっと、そう思っている。

しろさんは、子猫のふりをして甘えるのは大好きだが、元来は誇り高い守り神だ。

しろさんは、ひたすら屈辱に耐えている。だが、ふだんしろさんに接していない人にとっては、子猫が震えているだけのように見えたのに、違いない。

「私、加賀谷家当主、加賀谷求馬は伴侶として、沢渡孝をめとることを決定した。異議のあるものは、今ここで、申告するがいい」

加賀谷にそう言われて、反対できる者がいるだろうか。いるわけがない。

やがて膳が運ばれてきて、宴になっていった。

挨拶が順繰りに進んでいく。最初のうちは、親戚だったので、加賀谷は「若」らしく「息災でなにより」ぐらいしか、声をかけていなかったが、やがて、この家を管理している人たちの順番になったときには、砕けたものになっていた。

ついつい、昔話に花が咲き、加賀谷が自分で言っていたように、かなりのやんちゃ坊主で、この家の中の大きな樹に登って下りられなくなったことや、家出をして養父にたいそう心配をかけたこと、帰ってきたときにしろさんとなにごとかを長く話していたことなどを、まるで、それがつい昨日あったことのように語ってくれたのだ。

「もう、勘弁してくれよ」

加賀谷は頭を抱えて、照れていたのだが、沢渡はそんな加賀谷の昔を知ることができて、たいそうに嬉しい気持ちがしたのだった。

代々、この家の執事を務めてきたという人は泣いていた。目が真っ赤になっていた。

「若が、お嫁様を連れてきて下さるとは、使用人一同、感激の極みです。よき当主となった方は、どうしたことか、よき伴侶を迎えることが少なく、求馬様もそのようなことになるのではないかと、一同、心配しておりました」

しみじみと、隣の加賀谷の顔を、沢渡は見つめる。

私利を求めないことが、加賀谷の家の当主としての義務であり、そうすることを常に求められていたというのであれば、結婚相手にもそれを求めることになり、見る目は自ずと厳しくなるだろう。

そういう意味で言うならば、たしかに加賀谷が相手に求める条件は、「ある」が「ない」という、まことに微妙なものになる。

なるほど、彼の出した条件は、ある意味、正しかったのだと沢渡は思った。

帰りのリムジンの中で沢渡は、ぐったりとその身を横たえていた。加賀谷が気遣ってくれる。

「ごはん、あんまり食べていなかったね。緊張しちゃった?」

「そりゃあ、そうですよ。あんなにたくさんの人がいて、すごい、いろいろと話しかけられて、食べたり飲んだりしている暇なんて、ないですよ」

そう、甘えて言うと、しろさんもまた、賛同するように沢渡の膝の上で「にゃあ」と可愛く鳴いた。

それからしろさんは、丸くなった。時折、耳を立てて、目をあける。なんだか、もの思いにふけっているように、沢渡には感じられた。

「しろさんも、お疲れ様」

加賀谷はそう言ってしろさんを優しい目で見つめている。

沢渡も言った。

「しろさん、ありがとう。しろさんは、いい猫さん――……いやいや、神さまだね」

沢渡は、しろさんを撫でてやる。

「孝さん、今日の余り物の塩焼きの鯛《たい》を、本宅が持たせてくれたんだけど」

「鯛ですか？」

おいしいけど、淡泊な魚だよなと思いつつ、気のない返事をすると、加賀谷が意味ありげにうなずいた。

「それを混ぜて、鯛飯風にしようかなって」

「ふわー」

鯛が、ご飯に混ぜられる。だしが染みて、どんなにおいしいことだろう。それを想像しただけで、沢渡の口の中にはよだれが溜《た》まってくるのだった。

だが、正気に返った。

「ああ、でも、だめです。まだ、家の片付けが終わっていなくて」

「それは、うちの社から派遣するって言ったじゃない？」

「そうなんですけど、その前の段階で、大切なものを選《え》り分けるってところが、まだできていないんですよ」

「あー」

加賀谷が絶望の声をあげた。そう、それだけは、他人に任せるわけにはいかない。

「あの、ぼくだってがんばってますよ」

そう、おずおずと、沢渡は主張する。

でも、本業であるマリッジ・アドバイザーの仕事をサボるわけにはいかない。

「その。こういうことを言ったら、なんだか上から目線みたいでよくないなあって思うんですけど、でも、ぼく、求馬さんと出会えて、無事にお試しじゃなくて、ほんとうの結婚ができることになって、とっても、とっても、とーっても、幸せなんですよ。だからこそ、ここで、手を抜いたり、仕事をサボったり、そういうことはしたくないんです。もし、ぼくに特殊技能を授けてくれた縁結びの神さまがいるとしたら、これからもがんばれって、思うんじゃないかなって」

「今までやってきたことを、淡々と、だよね」

そう言って、加賀谷がにこっと笑ってくれたので、沢渡は嬉しくなった。

「そうです！」

そして、加賀谷が手を伸ばしてきたので、沢渡は、素早くその手の下に自分の頭を持っていった。

加賀谷の撫で撫では、最高に気持ちいい。

「寂しいけど、しょうがないよね。俺も、仕事が詰まっているから、手伝いに行けないのが心残りだよ」

「気にしないで下さい」

それにしても。

「あー、早く帰りたいです。あ、鯛飯、やって下さいね。一人で食べちゃ、ダメですよ」

そう言う沢渡の口元に、だらりとよだれが一筋、流れ落ちた。

しろさんが目をあけて、あきれたように、沢渡の様子を見ていたが、加賀谷は笑い出した。

リムジンの中が、笑い声に満ちる。

「なんですか、なんなんですか。そんなに、笑わないで下さいよ」

そう言いながらも、沢渡自身も、そのうちにおかしくなって、笑い出してしまったのであった。

そのときに、しろさんがぱっと立ち上がった。

「どうした、しろさん?」

しろさんは加賀谷になにごとかを訴えている。

加賀谷は「そんな」「でも」「だって」と口にすることもあれば、ただうなずくだけのこともあって、しろさんは、たまに「みゅう」とか「にゃあ」とか言うばかりだった。

なにか、揉《も》めているらしいことはわかる。

そのうち、加賀谷はあきらめたようにうなずき、切なげに沢渡を見た。

「え、どうしたんですか。しろさんがなにを言ったんですか」

「よく、聞いてね」

加賀谷は沢渡の両肩に手を置いてきた。

こんなに真剣な顔で、なにを言うつもりなんだろうか。

「しろさんが、ひどいんだよ」

「え、そうなんですか」

こういうときに、自分もしろさんの言葉がわかるのだったらいいのにと、ついつい沢渡は思ってしまう。そうしたら、加賀谷越しにではなく、しろさんに直接、話を聞くことができるのに。

「しろさん、求馬さんになにを言ったんですか」

そう聞くと、加賀谷が真っ赤になって、目をそらした。

「加賀谷さん、ぼくたち、婚約したんですよね。だったら、ちゃんと話してくれないとわからないですよ」

「し、しろさんが……」

加賀谷は、赤い顔をしていた。えー、この人、こんな顔をするんだと、沢渡が驚いてしまうような、純真な顔だった。

中学生が、初恋のことを語るような。

さあ、なんでも聞くよという心構えで、沢渡は加賀谷の言葉を待った。

加賀谷は、自分の顔を覆って、絞り出すように言った。

「しろさんが、結婚式まで、同衾《どうきん》しちゃだめだって言うんだ」

「同衾」

「結婚式まで、どれだけあると思ってる？　一ヶ月だよ、一ヶ月」

同衾……――って、なんだ？　手元の携帯端末で検索をかける。
一、ひとつの夜具に寝ること。二、肉体関係を持つこと。
うん、この場合は二だよな。いくら沢渡が童貞でも、そのぐらいはわかる。わからいでか。

「ひどいよね」

立派な大人が、本気で嘆いていた。

「意外です。しろさんが、ぼくたちの夜のことに口を出してくるとは思っていなかったから」

そう言うと、しろさんが、片目をあけて、ためいきのような息を吐《つ》いた。

「わかってる。しろさんだって、そんなことをわざわざ言いたくはないんだよね。親戚が悪い」

ようは、しろさんは、今日の加賀谷家本宅のお披露目会のことを気にしているらしい。

今日はしろさんは、子猫の姿のままだったので、そうなると、代が替わった親族の中には、しろさんのことを「単なる子猫ちゃん」としか、認識できない者がいたりする。それだと、「この結婚が、守護神たるしろさんがちゃんと認めたものである」というお墨付きが揺らいでしまう。

それは、まずい。

ということで、結婚式の日には、どうしたって、しろさんは、あの本体、白虎の姿にならなければならず、そのためには、霊力をためなくてはならないらしい。

「霊力ってどうやってためるんですか？」

「樹木や、俺たちがあげるご進物を食べると、いいそうなんだけど」

「それと、ぼくたちの同衾がどう関係するんですか」

「そのう、俺たちが、盛り上がって、愛し合ってしまうと、それの影響がどう出るのかわからないんだって。だから、だめだって言うんだよー」

必死に、沢渡は慰める。

「でも、ほら、今までだって、夜は別々だったじゃないですか。心が繫《つな》がったのだし、結婚式の日まで、それはお楽しみってことにして、がんばりましょう。それとも……」

そっと、沢渡は聞いてみた。

「ぼく、あそこに結婚式の日まで行かないほうがいいですか。だったら、そうします」

「いやだ」

加賀谷は、きっぱりと言った。

「そんなの、それこそ、耐えられないよ」

自分の顔が、みるみる明るくなっていくのを、沢渡は感じた。よかった。ここで、否定されたら、なかなかにショックを受けてしまったことだろう。

「その代わり、あれです。初夜のときには、目一杯、がんばらせていただきますから」

「約束だよ。ぜったいだよ」

二人は、そんな、約束を取り交わしたのだった。

百瀬《ももせ》が、ぎょっとしたように、言った。

「今、なんて言いました？」

え、なんかぼく、変なこと言ったかな？

沢渡は首を傾《かし》げる。

今はお昼の時間。場所は近所のレトロな、百瀬お気に入りの喫茶店だ。そこで、二人は昼食をとっている。百瀬は和風たらこスパゲティ、沢渡はチーズトーストにしていた。

さあ、少しだけ、時間を巻き戻してみよう。

沢渡はさきほど、照れくささを隠して言った。

「明日からは、ぼく、お弁当になるかもしれないから」

ごっくんと口のなかのたらこスパゲティを飲み込んでから、百瀬は確認するように言った。

「それは、もしかして、加賀谷さんとまた同居するってことですか？」

「うん、そう。今日は、あっちに帰るんだよ」

そこで、百瀬がいやらしくにやりと笑うからいけないのだ。

「それは、今夜はお楽しみですね」

そんなことまで言うから、ついつい、言い訳したくなったのだ。

「ち、違うからね。そういうんじゃ、ないんだからね。できないんだよ。結婚するまで」

彼は、びっくりしたみたいに、目をこちらに向けて、信じられない生物を見るみたいな目つきになった。

「今、なんて言いました?」

そして、現在。

なに、なになに。その顔。恐い。恐いんですけど。

「だからー、そういうことは結婚式までしない約束をしたんですよ。その、加賀谷の家のしきたりで」

なんて。ほんとは、しろさんとの約束なんだけど。

百瀬が、おそるおそるというように、聞いてきた。

「ほんとに、しないつもりじゃないでしょうね。セ……——そのう、夜の営みを」

夜の営み、なんて。ずいぶん古い言い方だけれど、彼にしてみれば精一杯の心遣いだったのに違いない。

「そう、その通りだけど」

うーんと、百瀬が、顔をしかめて言った。

「沢渡さん、他人のプライベートに口出しをするのは、まったくもって、俺の趣味じゃないですけど」

「はあ」

「それは、ないでしょう。うちの成婚後の不和の理由でも、お互いの習慣の違いに続いて、セックスレスは第二位に入っています。そして、これは、俺が断言しますが、最初にいたしておかないと、なんだか照れくさくなってしまって、レス化はどんどん進みます」

「二人とも、したくない、わけじゃ、ないんだけど……」

ばかばか、百瀬のばか。なんてことを、真っ昼間の喫茶店で言わせるんだよ。おかげで、とろっとトーストのチーズが沢渡の膝にこぼれてきた。

「あーっ！」

そんな、いつも、一回は巻き起こす沢渡のちょっとしたドジなんて、百瀬にとってはどうでもいいことらしかった。

「そしたら、もっと、おおごとじゃないですか」

「そうかなあ」

「え、もしかして、沢渡さん、したことないとか？」

「……」

ますます、百瀬の表情は深刻化する。

「する気があるのに、できないって、男にとっては地獄ですよ」

またなんか、すごいおおげさなこと言ってるよ。

「またなんか、すごいおおげさなこと言ってるよって思っているでしょう？」

ありゃ、どうしてだろう。ばれている。

はあああああ、と、百瀬が頭を抱えている。沢渡は、彼に、「早く食べないと、昼休みが終わっちゃうよ?」などと、進言したのだが、彼は、どうしたことか、ブツブツと呟《つぶや》いているのみである。

「はあ……これだから、童貞は……」

沢渡は、看過できない一言を耳にして、ムッとした。そりゃあ、自分は童貞ですけど、でも、そんなことが、百瀬に関係ある?

ないじゃないですか。そうでしょう。

百瀬はまだ、なにごとか話し続けている。

「どうなんですか。加賀谷さんも、経験がない――……なんてことは、きっとないですよね。ないな。俺の勘がそう告げてます。もし万が一、あの人に、自分の女の隣に立たれたら、俺はめちゃくちゃ、腹が立ちます。向こうがまったくそんな気がなくて、自分の女が向こうのことを好みじゃないって言ったとしても、問答無用で嫉妬《しっと》の炎がメラメラします。これは、自信があります」

「そんなことに、自信って言われても――」

なんと返答したものかわからずに、沢渡はひたすら、椅子《いす》の上で後じさりしている。

百瀬、なんだか、すごい迫力だよ！

「どうなんですか、そこのところ?」

「うーん……。結婚に至るまで、想える恋人がいなかったことは確かだけど。そういうこと、詳しく聞いたことはないんだよね。今と、これからがぼくだけだから、いいかなーって」

言ってから、恥ずかしくなって、耳が熱くなっていくのを感じる。

百瀬の顔が、今までとは変わっていた。なんだか、あきれたような、気が抜けたような、そんな顔だ。

なんだか、できの悪い生徒を見る先生みたいだ。

「え、なになに、なんでそんな目でぼくを見ているの？」

「いいえ、いいんですよ。沢渡さんは、そのままで。そういう沢渡さんだからこそ、加賀谷さんとうまくやっていけているんですよね。そう思うんですよ」

なに、なになに？　そのなまぬるーい、なんともいえない苦笑。

どうしたってそれ、褒めてるんじゃないよね。

再びの同居が始まった。

今度は、お試しではない。ほんとの結婚を前提とした同居なのだ。自分たちは、れっきとした婚約者、許嫁なのだ。

なんか、今になって、染《そ》め染めと恥ずかしい気持ちになってきたりして。

だけど、加賀谷の家、加賀谷としろさん。

それらは、沢渡の中ですでに、とっても大切なものになっていて、エレベーターを上がったところで、今か今かと待ち構えていた加賀谷に、お帰りなさいと唇に接吻《せっぷん》されたときには、ああ、今までみたいにおでこじゃない、恋人のキスなんだなあとどんときたりした。

珍しく、ほんとうの猫みたいに出迎えてくれていたしろさんが、にゃあと鳴いて、前足で加賀谷のふくらはぎにパンチをかました。

今のキスのことを、咎《とが》めているようだった。だが、加賀谷は負けてはいない。

「そんなことを言ったって、キスくらいはいいでしょう。許嫁になったのに、おでこにするほうがおかしいよ」

加賀谷の言い分が認められたらしく、しろさんは前足をつつがなく引っ込め、庭へと尻尾《しっぽ》を振りながら帰って行った。

「戻って、きたー!」

そう思った。

ここが高級住宅街にあるマンションの最上階であるとか、中庭がついているとか、ホテルみたいに美しいとか、天蓋《てんがい》付きのベッドがあるとか、そういうのは全部ぬきにして、とにかく、ここは、沢渡の場所だ。

沢渡が、帰ってくるべきところだ。

お帰りと言ってくれる人がいるところだ。

そこに帰ってこられたことに、限りない、喜びを覚える。

「よかったー!」

「よかったって、思ってくれてる? 孝さん」

「当たり前じゃないですか」

いつも、太陽みたいな、キラキラのミスター・サンシャインの加賀谷。

以前は、笑顔しか見た覚えがないくらいの、この人。

それなのに、なんだか、気持ちが通じ合ってからこっちは、違う顔を見ている気がする。

決して、不愉快というわけではない。むしろ、こういう顔をするんだという、新鮮な驚きでいっぱいになる。

今だって、くしゃくしゃと喜びと感情の高揚にどういう表情をしていいのかという顔になって、しまいにはこの身体《からだ》をぎゅうっと抱きしめてきた。

沢渡の手から、持ってきたスーツケースがパタリと床に倒れた。

「嬉しいよ」

「ふわ」

いちいち、この人が、かっこいい。

そして、しかも、なんと、この人は、自分の、許嫁、婚約者、恋人、結婚相手、なんですよ。自分のものなんですよ。

「うわあー」

沢渡は、加賀谷の手を取った。

すごいよ。なんて、嬉しいんだろうか。

「どうしたんですか」

「ぼく、求馬さんのこの手が大好きなんです。働き者の手です。よく動く、すてきな手です」

「……」

なんだか、加賀谷が、感無量という顔で、こちらを見ている。

「ああ、嬉しいな。孝さんが、そんなことを言ってくれるなんて、思わなかったよ」

え、なんと。

「思っていましたよ。ずっと、思ってました。言いませんでした？　ぼくは、求馬さんのことが大好きなんだって。これからは、いくらでも、言って、いいんですね。だって、求馬さんは、ぼくの許嫁なんですから。もう、お試しじゃなくて、ほかの誰かに手渡すことを、いっつも考えてなくていいんだーって思うと、嬉しくて嬉しくてたまらないです！」

感無量。

きっと、これをそう言うんだ。

彼の顔が近づいてきて、手が頰に当てられて、吐息が自分の心臓の音に合わせて弾んでいる。

そういう状況で、彼が自分にした口づけは、先ほどの「お帰りなさい」のキスとは、まったく違っていた。

唇は粘膜でできていて、薄いから。だから、なのかな。この身体の中心にあるもの。あなたのことを、ずっと好きだと、どんなに否定しても、叫び続けてしまっていた部分が、近い。

これは、なんだろう。愛情とか、魂とか、とにかく、自分の、とても、頑固なところ。

それが、あなたを恋してやまない。

「孝さんがそんなふうに、考えてくれていたなんて、知らなかった。嫌われてはいないって思っていたけど」

「そんなことを、考えていたんですよ。だから、ずっと、つらかったんです。求馬さんを、ほかのだれかに渡してあげないとダメで、そうしないと、自分のことが許せなくて、でも、やっぱり、あなたのことがどんどん好きになって、勝手にときめいてしまうから。そんな自分をだめだって思って、でも、しょうがなくて」

堰《せき》を切ったように、思いが口を突いて早口で出てしまう。

「気づいてあげられなくて、ごめんね」

しゅんとなりながら、加賀谷が言う。ぷっと、沢渡は笑い出した。

「だめですよー。なに言ってるんですか。もし、そのときに、求馬さんがぼくの気持ちに気がついてしまっていたら、ぼくは、もう、ここにはいられませんでしたよ。ぼくは、求馬さん曰《いわ》く、がんばっているキューピッドなんですからね」

「うー」

「どうしたんですか、求馬さん」

「いえ、そんなことを聞いてしまうと、自分の理性に自信が持てなくなる。そんな、可愛らしい顔で、色っぽいことを言わないでよ。俺の理性がどっかにいっちゃうよ」

う。そうだった。昼間、百瀬に言われたことを思い出す。

「結婚式のその日まで、忍び難きを忍び、耐え難きを耐え、がんばりましょうね！」

「あー」

そのときばかりは、加賀谷は、ひどく複雑そうな顔をした。

「あ」

「え、なに？　どうしたの？」

「求馬さんのその顔、何回も見ました」

あのときも、あのときも、あのときも。

「あ、ああ。孝さんが、俺とほかの人をひっつけようとしたときなんかに、こう、えーって気持ちになって……」

加賀谷は、うん、とひとつ、うなずく。

「俺は、あのときから、もうすでに孝さんのことを好きだったからね。好きな相手から、ほかへの話をされて、人知れず、さらには、自分でも知らず、傷ついてたんだろうなあ」

ううう。申し訳ない。

「ごめんなさい」

だけど、申し訳ないと思うのと同時に、嬉しい。

ほんとにずっと、気持ちはお互いに向いてたんだ。

その夜。

沢渡は歯ぎしりしていた。

「今までと変わらないとか、そんなことを言っていた、過去の自分をなぐりたい」

そう。

「まったく、まったく、ぜんぜん、ほんとに、違うんですけどー！」

両想いになったあとってこんなんなの？　そういうものなの？　それとも、自分たちだけが特別なの？　どうなの？

「わーっ！」

あのですね。

例えば、加賀谷さんの微笑み一つ、あるじゃないですか。それが、こう、来るじゃないですか。

前にも、まぶしいなあとか、思ってはいましたよ。確かに、思ってはいました。だけど、これは。

もっと違う。

なんと言うのか、こう、赤外線とか。明るいのにプラスして、心臓を、揺さぶってくるんですよ。

これが最初に、こんなに震えたのは、スポーツクラブでだ。もしかして、加賀谷が自分のことを好きなのかと思った瞬間だ。

いや、あのときに思ったじゃない。自分一人で燃え上がっている炎は消せるけど、双方で思いを送りあったら、消せないって。

そんな自分だったのに、どうして忘れてしまっていたのか。


夕ごはんまでは、なごやかだった。

「求馬さんのごはん、夢に見ました」

「ははは、おおげさだなあ」

そう言って、彼は笑うのだけれど、これはちっとも大げさなんかじゃないのだ。

冷凍してあった鯛をほぐして、骨でだしをとった汁で炊いた白米に混ぜてある、加賀谷の鯛飯は絶品だった。

「本気ですよ。ぼくは、夜にはわびしくコンビニごはんを食べながら、部屋を片付けつつ、ああ、早く求馬さんのごはんが食べたいなあと、そればかりを考えていたんですから」

「俺もだよ」

そう、言ってくれた。

「俺は、孝さんにごはんを食べてもらいたくて、しかたなかったよ」

「うう、この、鯛飯、おいしいです」

「いつもは、夜に炊き込みご飯ってしないんだけどね。今日は、特別」

「悪の味ですねー。夜だというのに、いくらでも食べられてしまう」

「悪の味は、明日のお弁当にもしてあげましょう」

「やったー！」

悪の味が、沢渡の頬にくっついていた。

「ご飯粒がついてますよ」

そう言われて、取ろうとするのだが、それより先に、加賀谷が沢渡の頬に手を伸ばして、取った。

「あ、ありがとうございます」

そう言った目の前で、ぱくっとそれを彼が口の中に入れた。

——うーわー！

これが、こんなに恥ずかしいものだなんて、知らなかった。

まるで、自分の一部分、指先だとか、足の先だとか、耳の先だとかが、彼の口の中に入ってしまったような、そんな感覚なのだ。

あまりのことに悶絶《もんぜつ》していると、まるでそれがうつったかのように、加賀谷がみるみる、うろたえだした。

「あ、すみません。あれ、謝りたいんじゃなくて、その、恥ずかしい目に遭わせて、ごめん。

て、恥ずかしいことをしたのは、俺なんですけど、ああ、なんだか、あなたを口に入れたみたいになって」

そこまで言って彼は口をつぐんだ。顔が真っ赤だ。

「すみません」

この、なんともいえない雰囲気。

こう、ねっとりした甘い甘い蜜が、このテーブル上に満ち満ちているこの感じ。

——いやあああ！　恥ずかしいー！

叫びながら、転がり回りたい。

それなのに、やっぱり、加賀谷の作ってくれた鯛飯はとにかくおいしくて、それを口に頬張って、それなのに、どきどきしてしまうっていう、なんだか、口と胃と心臓がバラバラになったような、この世のものとも思われない感覚が、沢渡を支配していた。

そのせいだろうか。とても、たくさん、食べてしまった。食べ過ぎてしまった。

「ふわー。おなか、いっぱい」

加賀谷が笑う。

「おいしかったですか？」

「はい。あ、片付けしてない」

「今日は、いいですよ。また、明日からで。今日は、孝さんの歓迎会ですからね」

「はい……」

沢渡は、ソファでうとうとしかけていた。

加賀谷が沢渡のほうに屈み込んできた。ああ、キスされるんだと思った。

今までだって、何回もキスをされたことはあって、それはそれは、心をくすぐる、素敵なものだった。それなのに、近づいてきたときに、直感してしまった。これは、今までとは、違うものだ。

もっともっと、この身体の芯に直結した、切ないものだ。

あのスポーツクラブで彼のことを好きだと思ったときに、思いが決壊したように、このキスをしてしまったら、きっと自分は、この身体が抑えられなくなってしまう。

ああ、こんなに、簡単に、自分の理性は、身体に、魂に、負けてしまうものなのだ。

百瀬、ごめん。おまえの言っていたことが正しかったよ。結婚式まで、しないのなんて、無理。

そう思ったそのときに、「ぶもーっ」と庭から、声がしてきた。

「なに、今の」

思わず、顔を見合わせる。

「えっと、あの、ウシガエルですかね」

沢渡がそう言うと、加賀谷が渋い顔になった。

「カエルはしろさんを畏れて、あまり寄りつかないんですよね。おかしいなあ」

と、いうことは。

「あれは、しろさん……？」

外を見ると、むうとした顔をして、しろさんがすぐそこで目を光らせていた。とんだ保護者だ。

二人は苦笑いをして、距離をとる。沢渡は「ぼく、お風呂に入ってきますね」と、そそくさと風呂場に行ったのだが、上がると、髪を乾かそうと、加賀谷が待ち構えていた。

彼のことを、じっと見てしまう。

「どうしたんですか？」

「えーとですね。ぼく、もとから、求馬さんに、髪を乾かしてもらうのが、大好きなんですよ」

「はい」

「すごい、気持ちいいので、今、さわられたら、なんか……」

ひー、すごい恥ずかしい。

「こういうことを言うの、なんなんですけど、感じちゃい、そうなんです」

「あなたは」

がばあと、加賀谷にソファに押し倒された。

「うっひゃあ」

みっともない声をあげると、感に堪《た》えないような声で言った。

「あなたは、ほんとに、可愛らしい」

ぞわわわわと、声が耳元でした。ああ、なんだろう、これは。

「あ、あ」

いま、さわられたら、崩れてしまう自信がある。だが、また、「ぶもー」と声がした。

「うう、しろさーん」

加賀谷が情けない声を出す。

「しろさんは、ウシガエルのものまねがうまいんですね」

盛り上がっていただけに、すっかり興が冷めた二人は、顔を見合わせた。

「じゃあ、ぼく、部屋に引き取りますね」

「そうだね。俺は、風呂に入ってくるよ。おやすみ」

軽い、口元への、官能を控えたキスが来る。

ぶも、と鳴きかけたしろさんに、加賀谷は少しだけむっとしたように言った。

「いいでしょ、これぐらいは許してよ。許嫁なんだから」

ということで、しろさんにそれは、お目こぼししてもらった。

「うん、なんだろう。これ」

自分の部屋に行き、天蓋付きベッドに寝っ転がって、満喫しながら、沢渡は考えている。

「一人だって、思ってしまった」

だって、今までと変わってないはずで、それどころか、昨日までよりずっと近くにいる。

これ、なんかに似てる。

そうだ。ここに来て、初めてここからマリッジ・イナダに出社したときだ。あのときも、なんだか一人だなあって感じたんだ。

あって当然のものが、「ない」。あの感じ。

それと同じ気持ちに、今、自分はなっているんだ。なんだろうな。前と違って、あの人と抱き合うのがごく自然で、身体が離れているのが、つらくて寂しくて、すぐにでも、あの人のところに行って、胸に飛び込んでいきたくなるんだ。

そうしたら、きっと加賀谷さんは、ぼくのことを嬉しそうに抱きとめてくれて、感極まったみたいに、「戻ってきてくれたんですね」って言ってくれて、それで、抱きしめてくれる。

自分の身体は、あの人の胸の中にすっぽり包まれてしまうことだろう。彼の身体がどんなに男らしくてかっこいいか、自分は知っている。

「ひー、なんだ、これ」

ふっかふかの雲のようなベッドは、最高に気持ちよくて、いつだって自分を、安眠させてくれていた。

それなのに、まったく眠れない。

加賀谷のところに行きたいと、自分の心と身体、両方ともが、えらい勢いでわめいている。

それなのに、それができないもどかしさ。

——男にとっては地獄ですよ。

はいはい、その通りでした！

生き地獄がここにありました。すみませんでした。私が、自分の燃えたぎる恋心と身体を、とってもとっても、甘く見ておりました。

まんじりともしないまま、朝を迎えて、起きてくると、「おはよう」と声をかけてくる加賀谷もまた、目が赤く、あくびを禁じ得ない。

こんな、加賀谷を見るのは初めてだった。彼もまた、眠れない一夜を過ごしたことは、想像に難《かた》くない。

「求馬さん。ぼく、あんまり嬉しくて、早々にここに引っ越してきちゃいましたけど、やっぱり、帰りましょうか。あと一週間くらいなら、もとのマンションの契約がまだ生きていたはずですし」

そう言ったところ、加賀谷の大反対に遭った。沢渡が驚くぐらいに、それは強かった。

「絶対にいやだ。それだけは、断固として、反対」

「でも、これ、つらいですね」

「ですね。まさに、生き地獄」

沢渡は提案してみる。

「これから、結婚式のその日まで、とりあえず、こう、間をあけてみたらどうでしょうか」

「ええっ？」

「ぼくは、真剣です。だって、しょうがないじゃないですか。ぼくだって、求馬さんと……

――したいですけど、しろさんとの約束は破ったらだめです。ちょっとしたキスでも、腰が砕けて、もう好きにして下さいってなりそうです」

「え」

加賀谷の目の色が変わる。だが、そのとたんに、「ぶもー」という、しろさんの不満の声が聞こえてきて、二人は正気に返った。加賀谷も、不承不承というように、同意してくれた。

「そうだね。今の俺は、修行が足りなさすぎる。近くに寄れば寄るほど、孝さんは魅力的で、ふれたら、もう、最後だって気がする」

なんて、嬉しく、そして、残酷な日々なのだろう。

お弁当を食べながら、どこか遠い目をしてしまう沢渡に、百瀬は特に何も言わないでくれた。それは、おそらくは、百瀬なりの思いやりだったのかもしれない。


じり、じりじり。

常に二メートルの距離を保ちつつ。

じりじり、じりじり。

なんか、こういう人を見たことがある気がするんだけど。インドかなんかで、カバディ、カバディ、言いながら、必死に距離を取っている人だ。

そんなこんなで、着る服の打ち合わせとか、出す料理を考えたりとか、しているうちに結婚式当日になった。

もちろん、天気は晴れ。

ほんとに内輪の式なので、本宅のスタッフと、親戚十名ほど。自分のほうは、社長と百瀬とその彼女だけだ。

百瀬の彼女は、派手な人を予想していたのだが、反して、スレンダーな普通の人だった。

みんな、ちょっとしたパーティー用の服を着て、リビングに集まっている。

「社長も百瀬くんも彼女さんも、びっくりしないでね。危なくないからね」

念を押しておく。

「あ、なに。虎でも出るんですか」

百瀬がそんな軽口を言っていたが、まさしくその通りだとは、お釈迦《しゃか》様でも気がつくまい。

庭の奥から、加賀谷がゆっくりと歩いてきた。

ここは、いったいいつ。平安時代？

彼は袴《はかま》に袍《ほう》といわれる衣《ころも》を着て、手にはしゃもじを長くしたような、笏《しゃく》を捧げ持っている。

白一色で、冠まで白い。彼は独特な足運びで、庭から、やってきた。

リビングのすぐ外で「ユキシロカミノミコト、ご降臨である」と告げて、こちら側に来て、沢渡の隣に座る。沢渡は、加賀谷に買ってもらったスーツだった。

「一同、平伏」

加賀谷が声をかける。庭から気配が伝わってきた。ああ、しろさんだ。しろさんを知っている沢渡は、嬉しくなってしまう。

『顔を、上げよ』

全員、顔を上げる。

「と、とら……？」

百瀬が偉かったのは、素早く腰を上げた彼女をかばったことだった。

『めでたい』の一言が下される。

「一同、平伏」

加賀谷の再びの声に、みなが顔を伏せる。

そのあいだに、しろさんは去って行った。


リビングに、ケータリングの料理が並び、立食パーティーになった。

「しろさんも、いっしょに祝えればいいのにな」

思わず、そう言った沢渡に加賀谷が答える。

「残念だよね。しろさんは、疲れて眠ってるよ。ぐっすりだ。このまえの虎化から、間がなかったから」

どれもおいしくて、きっとこれは最初のお試しデートのときに連れて行ってもらった、地下にあるバーのマスターによる仕込みだろうと沢渡は見当をつける。

アイスクリームには、沢渡の生まれ年のマデイラワインが振りかけられ、ほどほどに上気した。

洋服に着替えた加賀谷が、複雑そうな顔をしている。

「どうしたんですか。言って下さい」

そういう顔をしているときには、なにかを隠しているときなのだ。

「うん」

加賀谷は、沢渡にしろさんからの伝言を耳打ちしてくれた。

沢渡は百瀬のところに行くと、謝った。

「しろさんがね、彼女さんを恐がらせて、悪かったって」

百瀬が手を振る。

「あ、いいえ。大丈夫ですよ。こいつ、ふだんは、こんなことにびびるヤツじゃないんですよ。今日は、緊張してたんかな」

「しょうがないよ。お腹の赤ちゃんが心配だもんね」

「あ」

「え」

しまった。彼女さんは、まだ、百瀬には伝えていなかったらしい。沢渡は、早口で言う。

「あのね、しろさんが言ってた。赤ちゃんは、大丈夫、元気だって。すごく、丈夫でいい子だって」

「よかった……」

百瀬と彼女の口論が始まる。

「おま、なんで、言わないんだよ」

「だって、子ども、好きじゃないって言ったじゃない」

「それは、つきあう前の話だろ。俺は、おまえの男じゃねえのかよ」

百瀬は、ぐいと彼女を抱きしめた。

「すげえ、嬉しい」

思わず、沢渡は拍手をした。

「おめでとう、百瀬」


パーティーの後片付けは、加賀谷の会社の人たちがやってくれた。

「いいって言ったんだけどね。また、別の機会に、埋め合わせをするつもりなんだ。そのときには、孝さんも来てくれる？　俺の、伴侶として」

「行きますよ。もちろん」

プロの手際の良さで、室内はあっという間に綺麗《きれい》になった。

「若、終わりました」

ここでも、「若」なんだと、沢渡はおかしくなる。


風呂は先に加賀谷に入ってもらった。頭をふきふき、出てくると、ソファに、加賀谷が座っていた。彼は、手招きした。

「孝さん。いい晩だよ」

「えっと」

カバディ状態が続いていたので、ついつい、間を二メートルあけそうになってしまう。

「おいで」

「……うう」

なんだか、久しぶりで恥ずかしい。隣に、腰をかける。風呂上がりなのに、汗を掻《か》いていそうだ。

「もっと、近くに、来て」

そう言われて、彼のほうににじり寄る。これ以上近づいたら、身体の感知する範囲内に入ってしまいそう。そうしたら、たいへんなことになってしまいそう。

そう思ったのに、加賀谷が腰に手を回してきて、強く引き寄せられた。

いきなり、ずしんと、自分の中心、彼を感じることを、覚えたばかりのその部分が、愛の鼓動を奏で始めていた。

それを、彼は、知ってか知らずか、髪の中に指を入れてきた。かつては、ただ、この癖のつきやすい髪を乾かすがために、親切心からしてくれた行為だった。

だが、今は違う。

そっと、髪の奥深くを、指がまさぐっている。自分の心の奥も、彼の指に従って揺れている。

「あ……ふ……！」

変な声が出てしまう。

おかしなやつだと思われてしまう。

こんなふうに、髪を撫でられただけで、息を荒らげているなんて、みっともなさ過ぎる。どうかと思う。だけど、止められない。

目が潤《うる》みだしているのを感じる。力が抜けて、身体が柔らかくなっている。それなのに、自分の男の象徴であるペニスだけは、かつてないほどの張りつめぶりを見せつけて、パジャマを下からぐぐっと持ち上げているのだった。

彼の指が、自分の髪の奥に、いっそう、入ってくる。真剣な目だった。こちらの反応のすべてを、決して、逃すまいとしている瞳。じわりと、指が、地肌を舐《な》めた。さわさわとさわっていく。

「うう、そんなふうに、されてしまうと」

とっても、困る。

「濡《ぬ》れてる、髪」

ようやく、それだけを、彼の唇が紡《つむ》ぎ出した。

「急いで、いたから」

彼の指が、どうしようもなく、髪を乱す。その動きは、そのまま、自分の気持ちを揺らしていく。

指が這《は》うようにして動いていき、手のひらが沢渡の耳をかすめる。

「く……」

なされるがままになっている。

そうっと、彼の指が、耳たぶを、両側からさわってきた。次には、何をされるんだろうと思ったのに、ただただ、その指で、耳を可愛がるばかりなのだ。

感度が高まっている耳を、さんざんなぶられて、沢渡はべそをかきそうになってしまう。

もう勘弁してくれと言いたくなったが、彼は、真剣そのものの目で、じっと自分を見つめているので、ふりほどけない。

いたたまれない。

彼の唇が何かを言いかける。ほころびるのだが、言葉は形をなさなくて、ただ、熱い吐息になって、出ていった。

目を閉じた。潤んでいたので、目尻《めじり》が濡れたのが、わかった。彼の舌先が、そっと、目尻をなめらかにぬぐった。

「うわあ……」

ぞくっとする。

ようやっと、彼の指が止まった。目を薄くあける。彼の顔を見て、満足感がこみ上げてくる。子どものように、無邪気に、ただ一心に、自分を求めている加賀谷。そうしたのは、自分。

あごに、指がかけられた。ごく軽く、それは動いて、自分の顔をやや上向きに修正する。

まずは、唇の温かさが感じられた。ふれる前に、ぬくみが、彼の気配を伝えてきた。そして、指がまたわずかに動いて、顔をかすかに右に傾けられた。

唇が、重なった。

ちゅっと音を立てると、その唇は離れていき、逆の角度に、合わせられた。次には上唇を、彼の唇でつまんでくる。そのときに、目を閉じていたのに、加賀谷が微笑んでいるのが、その唇の形でわかった。

嬉しいよね。

好きな人とのキスは。

相手も自分を好きだと言ってくれるなら、最高だよね。

かすかに唇を開くと、加賀谷の吐息と、自分のそれが、合わさり、混じり合う。

「ふ……」

沢渡は、その息を吸い込んだ。加賀谷の気配は、吐息にのって、腹の底のほうまで染み通り、そこをきゅうんと切なくさせた。

まずい。じきに、自分は立てなくなる。懇願した。

「ベッドに、連れて行って下さい」

「うん」

よいしょと加賀谷が片膝に、沢渡の身体をのせた。自分だって、相応の身体を持った青年のつもりだったのに、鍛えている彼の身体は圧倒的で、それに抱かれて数十歩を行って、まだ一度も入ったことのない、彼の寝室のドアをくぐった。

そこに入ったとたん、畳の香りがした。

彼の部屋は、とてつもなくシンプルで、磨き抜かれた木の床、そこに、一段高く寝台があって、そこに畳が敷かれ、布団がのべられていた。床には、紙で作られたランプシェードがあって、ほの明るい。明かりの横には、籠《かご》に生けられた野の花が蔓《つる》や木の枝とともに飾られていた。

「誰も入れたことがない、これが、俺の、寝室」

誰も入れたことがないのは、加賀谷の奥深く、心のうちだよと言われた気がして、そこに、自分を入れてくれたことがありがたく、嬉しく、誇らしかった。

「今日の結婚式のために、孝さんがいない間に、ここの畳を替えてくれたんだよ」

布団の上に、ていねいに下ろされる。

もう一度、キスをしあう。彼の手のひらが背に回り。舌が、合わせ目を撫でてきた。吐息だけじゃなくて、舌先を合わせて、互いのしたたりが、混ざっていく。

ああ、やっと、やっと、ここまで来たんだ。最初のときから自分はこの人のことが好きだった気がする。軽くて、誰にもふれさせない、ミスター・サンシャイン、ザ・パーフェクト。話をするときに、心の奥底が、ずっと、一方的に、震えていた気がする。今こうしていると、そのときから、コツコツ、コツコツと、この人のための場所を、そうと知らないうちに、作ってしまった気がする。

もし、もしも。

この人がほかの人のことを好きになっていたら、その場所を心のうちに持ったまま、これから一生を過ごすのは、ずいぶんとつらいことだったろう。そう、今では思うのだ。

これから、ここをあけていくねというように、彼の唇が、喉元につけられ、パジャマの前ボタンに、指がかかる。首筋に、キスを繰り返しつつ、胸のボタンがあけられている。

「ああ……」

自分が大好きな、よく働く、器用な指が、もどかしげに自分を包んでいる布を剝《は》がそうとしている。沢渡は下から、ボタンを外していった。そして、最後のボタン――それは、上から三つ目のボタンだった――を、二人して外し終わったあと、加賀谷の手を取ると、口元に持ってくる。

「こんなことだって、していいんですね」

そう言って、たった今、自分の胸を剝《む》き出しにしたその指にキスをすると、指を絡《から》ませ、頰に押し当てて、感触を楽しんだ。

「この指が好き?」

「大好きです」

「指のほうも、孝さんが好きなんだよ」

そう言って、彼は指で頬を撫でてくる。

「すごく、さわり心地がよくて。ここなんて、ほら」

そう言って、手のひらが、裸の薄い肩の丸みを包んだ。

「ね？　ぴったり」

「もう、じらさないでください」

軽く、彼の腕に、傷なんて絶対につけないように、甘噛《あまが》みのように爪を立てた。

ふっと、加賀谷の口元が緩んだ。今まで、一回も見たことがないような顔だった。

芯が震えた。

体重をかけないように、上半身を起こしたかと思うと、彼はその身体を見せつけるように、勢いよく、部屋着を脱いだ。

適度に筋肉が刻まれた、身体だった。かっこいい。スポーツクラブのときも思ったんだけど、あのときには、失礼だから、あまりちゃんと見ることができなかった。だけど、今は、自分のものだから。こういうことをする仲だから。だから、見てもいい。

なんなら、さわったって、いいのだ。

そっと、彼の脇腹にふれてみる。

今までずっと自分を傷つけたり、苦しめてきたりした場所が、じんわりと暖かくなって、次には、火がついたような歓喜に満ちた。

彼の腹の横を、両側から摑《つか》んだ。彼は、驚いたようだった。ぐっと身体を海老《えび》のように曲げて、宣言する。

「孝さんが、そんな、いたずらをするなんて。もう、容赦しないですよ」

彼は、同じように、沢渡の胴回りを両手で摑んだ。ああこの人の指のかたちだ。この人の手のかたちだ。それを自分は知っている。その手で、さわってもらっている。愛《いと》おしそうに撫でさすられている。

彼の唇が胸に下りてきた。

「え、え?」

乳首を口に含まれて、舌先で舐められた。互いの体温が、ぐっと高くなった。この人の身体の匂いが変わった。

「あああああ!」

自分の身体の匂いも変わっている。汗の匂いが、混じって、満ちている。南国の熟れた空気の匂いがしている。この、畳に布団の部屋に、ふさわしくない気がする。同時に、初夜として、このうえもなくぴったりな気もする。

こんな快感があると知らなかった沢渡は、過剰に反応してしまう。上半身を押さえられてしまい、そのぶん、下半身は悶《もだ》えている。

「あ、ああん、あああ」

このひとが。こんな、顔して。おっぱいを吸っている。ちらりと、こちらを見てくる。目が合った。

「ふ……」

身体の芯を、快感がつきあげてくる。下半身の先走りが、自分でも気持ち悪いくらいになっていた。

指が、つーっと、パジャマのゴム紐《ひも》をくぐり中に入ってくる。胸への刺激と合わせて、ペニスをたぐりよせる。

最初の波が来て、あっけなく達してしまった。

「あ……！」

沢渡の反応があまりにあからさまだからだろうか。加賀谷は笑みを浮かべている。

恥ずかしくて、必死に足を閉じようとしていると、彼の大きな手が、ふとももに当てられた。

「閉じないで」

そう必死に言う彼が、愛しくてたまらなくて、なんとか、身体の力を抜く。

「笑わないで下さい」

「俺、笑ってた？」

「笑っていましたよ」

「すごい、嬉しかったからだよ。感激してる」

そんな、ことを、言うから。

「求馬さんの、えっち」

「うん、いやらしいの。俺。孝に対しては、どこまでも、いやらしくなっちゃうの」

そう言うと、彼は、沢渡のうなだれているペニスを口に入れた。青くさいだろうに、優しく、歯をあてないように、茎を吸ってくれる。

欲望を放出して柔らかくなってしまったそこを、横向きに舐められた。それから、先端を口の中に入れられて、舌が、先端の穴をくすぐった。ぴんと足の付け根が張った。馴染《なじ》みのあるあの疼《うず》きが蘇《よみがえ》る。

「嬉しいに、決まってる。こんなふうに、なってくれてるんだから」

そんなことを言われて、硬くなったペニスをさすられる。

「ああ、求馬さん」

こんな顔をするのだ。このひとは。こんなに、熱くて、性的な顔を、持っていたのだ。

「全部、俺が、育てたい。俺が、孝の心も、身体も、全部を、知って、愛して、可愛がって、俺なしではいられないように、してあげたい」

ああ、こんな顔。こんなセリフ。

いまここで、死んでもいい!

そう、沢渡は思った。

再び、彼が乳首を口に含む。さっきはあんなに驚いたのに、今度は、どんな快感が起きるのか、ちゃんとわかっていて、吸い出されるがままにまかせて、彼の肩に手をやる。指で、乳首をこねられる。

「あの、あの」

「痛かった?」

「そうじゃなくて。また、いっちゃいます」

「いっちゃえばいいのに」

うわあ、そんなこと。言うの、すごい恥ずかしいんだけど、でも、ちゃんと、言わないと。

「入れて、欲しいんです」

ちゃんと言えた。そのご褒美みたいに、顔じゅうに、ちゅっちゅとキスの雨が降ってくる。

「足、持てる?」

加賀谷は、背中に枕を入れてきた。

「うん、これでいい」

下の毛を掻き分けて、ペニスの根元を撫でてくれる。ペニスがひくつくのがわかった。

それから、そっと奥のふたつの柔玉にふれてくる。揉みしだかれて、それはきゅううんと身体のほうに上がってきた。

「はっはっ」と、自分の声が弾んでいる。

この人に、こんなことされて、喜んでて、もっとってなってる。ペニスはまた先端からのちょっとずつ漏れている液でびしょびしょだ。

彼の指が、受け入れるところに突き当たった。どんな顔をしてるのかなと思ったら、こっちを見て、優しく笑っている。ここだよね、というように。こくこくとうなずく。

たぶんそこです。そうだと思います。

彼が手のひらにローションを落とす。温めながら、その回りをカリカリと指先がかすめていく。

「うう」

その指がひたと当てられた。このときに、目を合わせる。これからここに入っていくよというように、とんとんとされた。

こくりとうなずく。

指が入ってきた。最初は、ごく浅く。その指が、ていねいに、ていねいに、愛おしげに自分を扱っている。

ふっと、彼がふだんメンテナンスしている、手巻きの時計を思い出した。

彼が、時計を巻く仕草。それと同じように、いや、それよりずっと、大切にされている。

（うわあ）

ぼくは、大切な人に、めちゃくちゃだいじにされているのだ。だから、ぜんぶ、まるごと、預けられる。

内部をすっかり、柔らかくしてしまうと、加賀谷は、少し身を離した。

「?」

彼は、自分のペニスに皮膜をつけようとしていた。沢渡は、「ちょっと待って」と彼に懇願する。

「その前に、挨拶、したい」

包んでしまうのは、しかたないことだ。だが、隔てられる前に、撫でたい。驚いたようだったが、彼は腰から、にじり寄ってきた。その、屹立《きつりつ》した部分に、手を伸ばして、撫でた。手に湿り気が伝わる。

ぴくんと反応した。この子、自分が好きなんだ。嬉しい。

皮膜を纏《まと》ったペニスが、押し当てられた。

たっぷりと内側は濡れていて、押し引きを繰り返されて、そのたびに、濡れた音が立つ。

なにこれ。じれったい。もっと、もっと。いっそ、むりやりでもいいのに。そうしてくれてもいいのに。

指先で、彼の腕を撫でた。もっととおねだりしたのだ。これで通じるのだろうか。

加賀谷は察してくれた。

ふっと笑うと、がつんと腰を進められ、目の前がチカチカした。自分のものではない形と体温が入ってきて、思わず声が漏れた。どこまでも、どこまでも、それは、入ってくる。

目の前の加賀谷の前髪が揺れて、中で脈打ったびに、呼吸が掠《かす》れて、さきほどまでキスしたり、この乳首を甘噛みしたりしていたその唇から、掠れた声が漏れて、沢渡の背をぞくぞくとあわだたせた。

ああ、ここに、この身体の中にうもれているのは、加賀谷なのだ。感じやすいそれを、彼は自分に預けてくれているのだ。

すごく、嬉しい。

すごく、いい。

目を合わせて、笑う。

彼の身体が引かれると、きゅうんとする。

惜しむ気持ちになる。

これには、覚えがある。

一人で家から出て行くとき、部屋に引き取るときの、ああいう気持ち。それが、ペニスを引かれるときにやってきて、それから、次には奥まで、これ以上ないくらいに深くまで、存在感が訪れてくれる。

「おいで」と、そう言われて、手を引かれて、上半身を起こした彼に、抱き上げられた。

向かい合わせに彼の膝上に乗る。沢渡は両方の足を、彼の胴にからませた。

「このまま、しよう」

そう言われたのだけれど、一度、加賀谷が皮膜を取り替えたせいもあって、二つの身体はなかなか結び合うことが出来なかった。

じれったい。もどかしい。

「うー」

とってもお腹がすいていて、好物が目の前にあるのに、手を出せないみたいな、スプーンで掬いたいのに、つるんつるんとすべるばかりのような。

「うう」

加賀谷が沢渡の腰を抱き寄せていた手を緩めた。互いの指に、ローションをたらす。それで、互いを愛撫《あいぶ》しようというのだ。ぬるついた手で、沢渡は加賀谷の屹立《きつりつ》したそれを包んだ。加賀谷も、沢渡のその場所に指を押し当ててくるのだが、沢渡はそうされると、なんとも、むずがゆいような、いたたまれない感覚に支配されてしまう。

「ん、ん」

「動いちゃ、だめ」

「そんなこと言われても、無理ですよ。……一度、いっても、いいですか？」

そう言って、ローションまみれの手で、自分のペニスにふれようとした。すぐにでも、達することが可能だった。

けれど、その手は加賀谷に押さえられてしまう。

「だめだよ、孝さん」

「求馬さんのいじわる」

なんで、そんなことをするんだ。

どうして、いかせてくれないんだ。

「だって、いっちゃったら、いっしょにいけないよ」

せっかく、ここまで来たのに。

「それは、いやです」

渋々、沢渡は手を止めた。

「がんばります」

加賀谷が唇をかすめるキスをして、「えらいね、孝さんは」と言った。

「違うんです」

えらいとか、心ばえがいいとか、そういうのじゃなくて、ただただ、とっても欲ばりなだけ。

よりいっそうを求めているだけ。

そんな自分だから、加賀谷のものを、もっともっと、奥まで頬張りたいだけ。

はしたなく、後孔《こうこう》がひくひくしてしまうくらいに、求めてしまうだけ。

絶え間なく自分たちの間をただよい、交換しあっているこれがなんなのか。愛情ってもんなんだとしたら、なんとももどかしい。

沢渡は皮膜ごしに加賀谷のペニスを愛撫する。彼も、沢渡の身体をその両方の人差し指で暴いて、中を指先で撫《な》で伸ばしてくれた。

加賀谷が、己の上半身を、やや後ろに傾けた。

「ん……」

そうして、腰を抱いて沢渡に自分のペニスを飲み込ませようとする。沢渡は彼の首に手を回し、それに応えようとした。

すっかり開いた沢渡の受け入れ口が、ようよう彼を飲み込んだ。

「あ、ああ」

加賀谷のそれが、動きだした。

沢渡も、合わせて、腰を揺らす。

「そう、上手だね。うん、もう少し、前にこられる？　そう、そうだよ」

まるで赤子をあやすみたいに、加賀谷が言った。

沢渡はもう、彼に言われるがままに、ひたすらに、ひねって、のけぞって、導《みちび》かれるがままに腰を動かす。

そして、尻肉を押し上げるみたいに、ぴったりと、加賀谷の身体が沢渡の中におさまった。奥まで、入っている。

そこが一番の中心のようだ。沢渡の芯《しん》を貫《つらぬ》いて、頭のてっぺんから足のつま先まで、繋げていくようだ。

互いの息が荒い。

でも、「まだですよ」と、沢渡は言った。

「まだ、いきたくない」

「俺も」

二人はそのまま、しばらく、静かにしていた。

せっかく、ここまできたのだ。二人して、ここまで登ってきたのだ。

二人は頂から、眼下を見るようにして、感慨深く、動かずにいた。

「ふっ」

小さく、沢渡がうめいた。それが合図のように、加賀谷は身体を抱き寄せてきた。

キスを繰り返して、身体を揺らした。

「ん、ん」

あの形が、こんなところまで入っている。それが、すごく気持ちよくて、どうにかなってしまいそうになる。さっきまで、じんじんしていた己のペニスが、彼の腹にこすられ続けて、まるで泣いているように、液をこぼし続けている。

「あ、ああ……！」

自分は「達している」んだろうか。これが、そうなんだろうか。

今まで自分が知っていたクライマックスは、頂点が尖っていた。それなのに、この人と味わうこれは、まったく違っている。

何回も何回も、小刻みに絶頂は訪れて、そのたびにペニスはあふれそうになって、押しとどめられて、また上げられて、切なくなって、もっと欲しいと願って、いっそうの欲ばりになってしまうのだ。

「求馬さんが、いけないんですよ」

小声でささやくように言ったのだが、彼には伝わってしまったらしい。

「うん、そうだね」

加賀谷には、それが睦言《むつごと》だとわかっている。

「俺の、せいだね」

そうなんです。あなたのせいなんです。

あなたと会ってから、自分はすごく食いしん坊になってしまったんです。あなたが、ぼくの好きなものを、たくさん、持っているからです。

「あ、もう、もう、だめ」

こんな声が、自分から出るなんて、知らなかった。

体内から噴き上げてくる快感がすさまじい。つらいのに、嬉しくて、しょうがない。

加賀谷もまた、苦しそうな、それなのに、はずんだ息遣いをしている。

苦痛と快感が、同じところにあるなんて、知らなかった。

「ああ、やあ、いっちゃう」

声を振り絞《しぼ》り、必死に加賀谷にしがみつく。

「俺も……」

耳元で、加賀谷の掠《かす》れた声がした。

体内で、彼のペニスがよりいっそうの硬度になり、沢渡の感覚すべてを痺《しび》れさせた。その痺れから解放されると、快感が全身に散り、目の前がチカチカする。

「あ、ああ、ああ……」

沢渡のペニスからは何回も噴き上げて、加賀谷の腹を濡らした。

「ふー」

二人は、最高の幸福感の中で、脱力する。

好き。この人が、大好き。

「ようやく、帰ってきた気がします」

そう言うと、加賀谷もまた、「俺も」と言ってくれた。

「なんだろう。ぼくたち、もとは一つだったんじゃないですかね」

笑うと思ったのに、加賀谷はまじめな顔で言った。

「ああ、なるほど。だからなんだ」

彼はそう言って、納得してくれて、それが嬉しくて、彼の身体をめいっぱい、沢渡は両腕で抱きしめた。


翌朝、沢渡は起こされた。

「ふにゃい？」

まだ、外は夜が明けきっていない。

「こんな夜更けになんですか？　なにごとですか？」

「ごめんなさい。初夜明けだし、無理をさせたので、眠っていて欲しいところなんですけど、結婚式の翌日なので、今日だけはいっしょにしろさんのところに参りましょう」


ゆったりと、二人で、お風呂に入った。夫婦っていいな。もちろん、男同士なのだから、いつでもいっしょに入ったって構わないのだろうけれど、なんか、他人とわざわざ入るのは、違和感がある。だが、夫婦となった今は、こうしてもいいのだ。

風呂から上がると、加賀谷は髪を乾かしてくれた。昨日、あれだけ自分を翻弄した指なのに、落ちついて、自分の髪を扱っている。

あの指がまた、昨夜みたいになるのかな。

ああして、濡れそぼった熱情を持って、せまってくるのかな。そのときが、楽しみだな。

ふわんと、お揃いのいい匂いになって、御神酒と菓子を持って、夜が明け始めた中庭に足を踏み入れた。

ほこらまで行くと、しろさんがあらわれた。

「しろさん……」

うん、しろさんだよね。そうだよね。

沢渡が驚いたのも無理はない。しろさんは、まばゆいばかりの光をまとっていたのだ。神神しいばかりだった。歩くたびに足下には花が咲いている。

加賀谷と沢渡が絶句していると、しろさんがなにごとか、しきりと訴えている。虎ではないしろさんと話せるのは、加賀谷だけだ。

「え、どうしたの」

加賀谷が、教えてくれた。

「えーと、俺たちのせいだって。俺たちがその……色々とがんばったので、その余波で、栄養が行き届いて、こうなったんだって」

「さわっても、いい？」

聞くと、しろさんは、くいと頭を上げる。頭を撫でてやった。

「大丈夫？　具合悪いとかない？　しろさん？」

「それはないみたい。むしろ、昨日、白虎の姿になって疲れていたのが、全快したって」

「よかったー」

そう言って、沢渡は彼の首に、赤いリボンを巻いてやった。

ぼくたちの愛を受けて元気になるなんて、しろさんは自分たちの赤ん坊みたいだな。なんて、神さまにそんなことを言ったら、怒られちゃうだろうけどね。

だが、しろさんはそんなことはお見通しというように、その金色の目を沢渡に向けて甘えるように頭をこすりつけてきたのだった。


ていねいに時計のネジを巻く。

言葉を交わす。

キスをする。

愛し合う。

そんな加賀谷との結婚生活の始まりだった。

あとがき

こんにちは。

読んでいただいて、ありがとうございます。

ナツ之えだまめです。


突然ではございますが、「スペース」ってご存じでしょうか。ツイッターに付加されたWEBラジオ的な機能なのですが、皆様に直接お目にかかれない寂しさで、私、これをやったことがあるのです。

そのときに、うちの古い柱時計の音が入ってしまい、「え、今の音なに？」と言われたことがありました。

その節はすみません。

この時計、いつからここにあるのか、私が知らないほどに古いもので、作っていたメーカーもすでになく、ゼンマイを二週間に一度、巻かないといけないのです。それなのに、だいたい三分ほど進んでいるだけって、すごくないですか？　この時計は、うちの歴史なんだと思います。

そして、加賀谷の愛用しているネジを巻かないといけない、養父から譲ってもらった腕時計もまた、彼の歴史なのでしょう。加賀谷は、そういうことをとても大切にする人らしいです。沢渡は、加賀谷のそういうところがいいなあって思ったんでしょうね。

そして、その二人を見守るしろさんがいます。

亀井高秀先生、素晴らしい加賀谷さんと沢渡さん、そしてしろさんをありがとうございます。主役の二人は、最初におのおの、三つの案が来たのですが、「ね、どの俺（ぼく）が好き……？」状態で、「どれも好きー！」としか言いようがなかったです。

それに、しろさんがね。加賀谷さんに抱っこされているんですけど、手足突っ張っているのが、もう、かわいくて。うおおお、しろさん、だあああ！　って。

私は、まったく意味もなく、部屋の中を歩き回ってしまいました。どうしていいのか、わからなくて。きっと、これが「萌え」というものなのですね。

担当のAさん。

ほんっとにすみません。今回もすみません。

特に、二人の初夜がめっちゃ長びいたときには、書きながら、倒れそうになりました。でも、やっと結ばれたんですもの。おっけーですよね！　ね？（顔汗をかきながら、指でハー

トを作りつつ）

まだまだ、世の中うだうだのごたごたです。

中庭に神様がいる、どこか懐かしい場所。

読んでくださった方の心の中に、そんな風景があると、だいぶん、気持ちが軽くなるんじゃないかな、そうだといいなって願いつつ、このお話を書きました。

ではまた、次の物語でお目にかかりましょう。

ナツ之えだまめ

✦初出　富豪とお試し婚なのに恋寸前です……………書き下ろし
不動産王と本気の恋最中です…………………書き下ろし

ナツ之えだまめ先生、亀井高秀先生へのお便り、本作品に関するご意見、ご感想などは
〒151-0051 東京都渋谷区千駄ヶ谷 4-9-7
幻冬舎コミックス　ルチル文庫「富豪とお試し婚なのに恋寸前です」係まで。

幻冬舎ルチル文庫

富豪とお試し婚なのに恋寸前です

2021年9月20日　第1刷発行

✦著者　ナツ之えだまめ　なつの えだまめ

✦発行人　石原正康

✦発行元　株式会社 幻冬舎コミックス
〒151-0051 東京都渋谷区千駄ヶ谷 4-9-7
電話 03(5411)6431［編集］

✦発売元　株式会社 幻冬舎
〒151-0051 東京都渋谷区千駄ヶ谷 4-9-7
電話 03(5411)6222［営業］
振替 00120-8-767643

✦印刷・製本所　中央精版印刷株式会社

✦検印廃止

ISBN978-4-344-84931-0　C0193　Printed in Japan